深挚情义
保姆蟒

Sincere Affection
The Nanny Boa

沈石溪 / 著

北京理工大学出版社
BEIJING INSTITUTE OF TECHNOLOGY PRESS

沈石溪，中国著名的"动物小说大王"，祖籍浙江慈溪，1952年生于上海。1969年初中毕业后，赴云南西双版纳插队，在云南生活了整整36年。

长年的云南边疆生活犹如一把金钥匙，开启了他动物小说的写作天赋。在他笔下，动物世界是与人类世界平行的一个有血有泪的世界。他的动物小说充满哲理、风格独特，曾荣获"全国优秀儿童文学奖""冰心儿童图书奖""陈伯吹儿童文学奖""台湾杨唤儿童文学奖"等四十多个奖项。

他的作品曾多次入选中小学新课程标准教材，成为阅读教学的精读范本，影响着新一代的读者，并被译成英、法、日、韩等多国文字，享誉全世界。

"我喜欢重彩浓墨描绘另类生命,
我孜孜不倦地朝这个方向努力。"

为致敬生命而写作

为生命而写作,这话我在很早之前便已经说过。

在作为一名动物小说作家的创作生涯中,我从未担心过我的写作题材会受限,我的创作灵感会枯竭;因为我知道,就生命这一写作对象来说,动物世界其实是一个比人类社会更加广阔、更有可为的领域。这两者就好比是外太空与地球的关系,人类社会的题材固然恢宏,地球尽管庞大,但放眼于整个动物界与自然界,放眼于大气层外的宇宙空间,孰大孰小;狭窄与宽泛、有限与丰富的区别,还是一目了然的。

但是,我并不想让读者们因此觉得,我所写的生命就仅仅是动物的生命;相反我相信,每一位动物小说作家笔下的生命,与每一位人类小说——写动物的称为动物小说,写人类的为何不能称作人类小说?——作家笔下的生命，其实是同一种由无差别的精神内核驱动的、没有食物链上下与进化尊卑之分的东西。我们想一想，蒲松龄老先生笔下的"禽兽之变诈几何哉，止增笑耳"，难道只是在嘲笑狼的小聪明吗？同样，再读杰克·伦敦《野性的呼唤》，我们又岂能说那只是一条向往着野性的狗，而不是一个渴望着自由的生命呢？所以，我在三十几年的创作历程中，一直拿一句话作为自己的座右铭，那就是，人类绝不可以俯视动物。

人类绝不可以俯视动物，也就是说，人类在从动物身上观察它们的生命的时候，或者像我这样，需要把它们的生命描写出来的时候，一定要把自己放在跟观察对象、描写对象齐平的高度上，就像《热爱生命》里面的那一个人、一只狼一样，面对面地看着对方，看谁先倒下去。也只有如此，我们才能发现生命在动物世界里所展现出来的每一个维度，还有每一个维度中所承载的内容，就是它们的生命所焕发出来的温度与主题。

这样的维度可以有很多，比如它们的繁衍、它们的生存、它们的社交、它们的组织、它们的野性、它们的情感等，也正因为这样，动物的生命中才蕴含着同人类生命一样无限而丰富的主题。比如，在一条大鱼身上也存在着令人动容的母爱（《大鱼之道》），一条蟒蛇也可以是尽职尽责的保姆（《保姆蟒》），一往情深的公豹最后一次为妻子狩猎（《情豹布哈依》），不服输的鸡王拼死战斗到喋血一刻（《鸡王》），临产在即的母狼接受动物学家作为丈夫（《狼妻》），善良的崖羊令凶暴的藏獒性情大变（《藏獒渡魂》）……如此种种，令我们在最广阔的生命定义中看到了无穷无尽的可能，让我们不得不承认，每种动物都有千般故事，每个生命都是一段传奇。

所以，为生命而写作，如果这话讲得再明白一些，就是向生命致敬，褒奖它的升华，讴歌它的荣耀，赞美它的牺牲，肯定它的死亡，让生命在保有其优美感的同时，也获得它应有的崇高感。

这便是本套"致敬生命书系"分为六大主题、全新结集出版的目标。在我熟悉的动物的世界里，我写过它们悲怆的母爱，写过它们深挚的情义，写过它们绝妙的智慧，写过它们豪迈的王者，写过它们壮美的生命，写过它们传奇的野性……过往的许多年间，我的绝大部分作品都是以时间轴为出版顺序的，写到哪儿出到哪儿，推陈出新，陈陈相因，以至于有许多读者朋友会问我：沈老师，这么多年，你写了这么多书，究竟写了什么？是的，我要向大家回答清楚这个问题才行——

那么，这套书算是一个答案与交代了。

2018年12月10日

目　录

1 —— 保姆蟒

17 —— 真狼与假狈

39 —— 狼　种

125 —— 小火鸡与老母狗

135 —— 雪　崩

儿子出生在边远蛮荒的曼广弄寨子,寨子后面是戛洛山,前面是布朗山,都是莽莽苍苍的原始森林。寨子里曾经发生过这样的事:大人上山干活了,比兔子还大的山老鼠从梁上翻下来,把睡在摇篮里的婴儿的鼻子和耳朵给咬掉了……一头母熊推开村主任家的竹篱笆,一巴掌掴死了看家的狗,把村主任刚满周岁的小孙孙抱走了。后来村主任在老林子里找了五年,才在一个臭气熏天的熊窝里把小孙孙找回来。六岁的孩子了,不会说话,不会直立行走,只会像熊那样"嗷嗷"地叫,四肢趴在地上像野兽似的爬行,成了个地道的熊孩子……

我那时迷上了打猎,有时钻进深山老林追逐鹿群或象群,几天几夜都不回家,妻子挑水、种菜、洗衣服什么的,只好把还在吃奶的儿子独自反锁在家里。我们住的是到处有窟窿的破陋的茅草房,毒蛇、蝎子、野狗、山猫很容易钻进来,实在让人放心不下。最好的办法,当然是找个保姆来带孩子,但我那时候收入微薄,养家糊口尚且不易,哪还有闲钱去请保姆?我和妻子都是插队的知青,也不可能让远在上海的亲人万里迢迢跑到边陲来替我们照看小孩。

就在我犯愁之际,寨子里一位名叫召彰的中年猎人说可以帮我找一个不用管饭也不要开工资的保姆。除非七仙女下凡,田螺姑娘再世,否则哪里去找这等便宜的事?我直摇头。召彰见我不相信,就说:"你们等着,我

立马把保姆给你们带来。"

一袋烟的工夫,我家门前那条通往箐沟的荒草掩映的小路上便传来悠扬的笛声。又不是送新娘来,用得着音乐伴奏吗?我正纳闷,召彰已吹着笛子跨进门来。我注意看他的身后,并没发现有什么人影。他朝我狡黠地眨眨眼,一甩脑袋,金竹笛里飞出一串高亢的颤音,就像云雀鸣叫着飞上彩云,随着那串颤音,他身后倏地蹿立起一个"保姆"来。

我魂飞魄散,一股热热的液体顺着大腿流下来,把地都汪湿了一块,不好意思,我吓得尿裤子了。

妻子像只母鸡似的张开手臂,把儿子罩在自己的身体底下。

召彰用笛声给我们带来的保姆,是一条大蟒蛇!

"快……快把蟒蛇弄走。召彰,你在开什么国际玩笑,弄条蛇来害我们!"妻子嗔怒道。

"我敢用猎手的名义担保,它是一个最尽心尽职的保姆。我的两个儿子,都是它帮着带大的。假如它伤着你们小宝贝一根毫毛,我用我的两个儿子来赔你们。"召彰很认真地说。

"这……我一看到蛇就恶心,饭也吃不下。"

"先让它试十天吧,不合适,再退给我。"召彰说着,把蟒蛇引到摇篮前,嘴里念念有词,在蟒蛇的头顶轻轻拍了三下。蟒蛇立刻像个卫兵似的伫立在摇篮边。

这时我才看清,这是一条罕见的大蟒蛇,粗如龙竹,长约六米,淡褐色的身体上环绕着一圈圈一条条不规则的深褐色的斑纹,这些斑纹越近尾巴颜色越深,是典型的西双版纳黑尾蟒;在下腹部,还有两条长约三四寸退化了的后肢;一张国字形的小方脸,一条棱形黑纹从鼻洞贯穿额顶伸向脊背;两只玻璃球似的蓝眼睛像井水一般清澈温柔,微微启开的大嘴里,吐出一条叉形的

芯子，红得像片枫叶。整个形象并不给人一种凶恶的感觉，倒有几分温顺和慈祥。

或许，可以试十天的，我和妻子勉强答应下来。

十天下来，我算是服了召彰。我敢说，天底下再没有比这条蟒蛇更称职的保姆了。假如保姆这个行当也可以评职称的话，这条蟒蛇绝对是一级保姆，就像一级教授或一级作家一样。它不分昼夜地忠诚守候在我儿子的摇篮边，夏天蚊子奇多，我们虽然给摇篮搭了个小蚊帐，但儿子睡觉不老实，抡胳膊蹬腿的，不是把蚊帐蹬开一个缺口，让蚊子乘虚而入，就是胳膊或腿贴在蚊帐上，被尖嘴蚊子穿透蚊帐叮咬。几乎每天早晨起来，都会发现儿子嫩得像水豆腐似的身上隆起几只红色丘疱，让我心疼得恨不能自己立刻变成只大壁虎，把天底下所有的蚊子统统消灭。但自从这条蟒蛇来了后，可恶的蚊子再也无法接近我儿子了。那条叉形的蛇信子，像一台最灵敏的雷达跟踪仪,又像是效率极高的捕蚊器,摇篮周围只要一有飞蚊的嗡嗡声,它嘴里就会吐出火焰似的芯子,闪电般地朝空中蹿去,那只倒霉的蚊子就从世界上消失了。过去只要一下雨,免不了会有竹叶青或龟壳花蛇溜进我家来躲雨。有一次我上床睡觉,脚伸进被窝,怎么凉飕飕、滑腻腻的,像踩在一条冰冻鱼上,掀开被子一看,是一条剧毒的眼镜蛇,盘踞在我的脚跟……这条蟒蛇住进我家的第二天,老天爷就下了一场瓢泼大雨,我亲眼看见有好几条花里胡哨的毒蛇窜到我家的房檐下,在墙洞外探头探脑,但一感觉到蟒蛇的存在,立刻就返身仓皇逃走了。至于老鼠,过去大白天都敢在我家的房梁上打架,一入夜,背光的墙角就会传来吱吱的鼠叫声,但自打我们请了保姆蟒,嘿,老鼠自觉搬家了,请也请不回来。

第八天黄昏,我到一位猎人朋友家去贺新房了,妻

子在家逗儿子玩。突然，寨子里有个女人要生小孩，叫我妻子去帮忙，她就把儿子放进摇篮，交给了保姆蟒。晚上我回家推开门，就闻到一股扑鼻的血腥味，点亮马灯一看，差一点儿魂都吓掉了，只看见保姆蟒长长的身体裹住一匹红豺，蛇头高昂着，嘶嘶有声。被它裹住的那匹豺眼珠圆睁着，像要从眼眶里滚出来，豺嘴大张着，嘴洞里含着大口血沫。我用手指碰碰豺眼，毫无反应，豺已被活活勒死了。我急忙奔到摇篮边，可爱的儿子正睡得香，大概梦见了什么好吃的，红扑扑、粉嘟嘟的小脸蛋上漾着一对小酒窝。我这才放心，将马灯举到死豺头上仔细看，绛红色的豺毛乱得像被秋风扫荡过的树叶，豺牙稀稀疏疏，脱落了好几颗，哦，原来是匹上了年纪的老豺。不难想象，这匹老豺年老体衰，追不上兔子，也咬不破牛犊的皮，实在饿极了，便铤而走险，从森林里溜到村寨来偷食婴儿。老豺既残忍又狡猾，估

计早就躲在附近的草丛里窥探了我家的情况,见两个大人都出门走了,就用爪子刨了个墙洞钻进来。没想到,老豺刚进到屋内,保姆蟒就一口咬住豺脖子,并立刻把老豺紧紧缠住。老豺又撕又咬,但无济于事。

等妻子回来了,我俩哄劝了半天,保姆蟒才松开身体,早已僵硬了的老豺"咕咚"摔下地来。我们仔细查看了一下,保姆蟒脖子和背上被豺爪撕开了好几条口子,漫流出浓浓的血,靠近尾巴的地方还被咬掉一块蛇肉。妻子感动得热泪盈眶,平时她一向节俭,这时也毫不犹豫地到鸡笼捉了一只大公鸡,犒劳保姆蟒。

十天的试用期很快结束了,还有什么说的,保姆蟒理所当然地成了我家的正式成员。请蟒蛇当保姆还有一个很实惠的好处,不用喂食,肚子饿了它会从我家厨房的小窗口翻出去到箐沟自己觅食。又忠诚又可靠又不用破费,这样的保姆,你打着灯笼也难找啊。

一转眼，儿子开始学走路了，不用我们费心，保姆蟒自觉担当起教儿子走路的任务。它弓起脖子，高度正好在儿子的小手摸得到的地方，像个活动扶手，随着儿子的行走速度，慢慢朝前蠕动；儿子走累了，随时可以伏在保姆蟒脖子上休息，这时候，保姆蟒便一动不动，像一根结实的栏杆。小孩子学走路，免不了会跌倒，保姆蟒似乎特别留心注意少让儿子摔跤，每当儿子踉踉跄跄要倒时，它就会"吱溜"贴着地面窜过去，蛇头很巧妙地往上一耸，扶稳儿子。即使儿子仍摔倒了，它也像层柔软的毡子，垫在儿子的身体底下，不让儿子摔疼。

嘿，整个就是一架设计精良的学步器。

光阴荏苒，儿子一点点长大，没想到，我们和保姆蟒之间渐渐产生了矛盾。儿子三岁多了，理应与同龄小伙伴扎堆玩耍，但这么大一条蟒蛇守在儿子身边，小孩子见了都躲得远远的，儿子就显得冷清孤单。好不容易

有几个胆子特大的小孩跑来与儿子玩踢皮球，保姆蟒守在一边，只要皮球不在儿子脚下，它就会朝着其他小孩张开那张可以吞食麂子的大嘴，吐出鲜红的芯子，进行恫吓。孩子们心惊胆战，扔下皮球就逃，儿子不费吹灰之力，就踢赢了球赛。这样的事重复了几次以后，谁也没有兴趣再来找我儿子玩了。

渐渐地，妻子也开始对保姆蟒生出许多不满来。三岁左右的小孩是最可爱最好玩的，对父母充满了依恋，似懂非懂，憨态可掬，妻子喜欢将儿子紧紧搂在怀里，在他粉嫩的小脸上亲个够。每逢这个时候，保姆蟒就会竖起脖子，波浪似的摇晃蛇头，表现得异常痛苦。"去去，快走开，我亲我自己的儿子，你痛苦个屁呀！"妻子暂停亲吻，朝保姆蟒挥手跺脚驱赶它，但平时十分听话的保姆蟒这时候却桀骜不驯，嘴里"呼呼"吐着粗气，不但不离去，还在地上扭曲打滚，直到儿子离开了妻子的怀抱,它才会安静下来。"它嫉妒我和儿子亲热,"妻子忧心忡忡地对我说,"它的目光阴沉沉的,完全是童话里巫婆的眼睛。"

虽然保姆蟒从未对妻子粗暴过,但身边有一双充满恶意的眼光盯着,母子间的亲昵无疑会大打折扣。

很快,我也对保姆蟒反感起来。事情是这样的,那天晚上,儿子吃了好几块巧克力,临睡前,我让他刷牙,不知道为什么,儿子对刷牙一点儿不感兴趣,我叫了几次,他都装着没有听见。白天我上山打一头岩羊,追了整整一天,流了好几身臭汗,还把一葫芦火药都用完了,也没能把那头该死的岩羊猎到,憋了一肚子窝囊气没处发泄,这时算找到出气筒了。我抡起一巴掌,重重打在儿子屁股上,大声吼道:"小赤佬,你敢不听老子的话!"小儿无赖,躺在地上哭闹打滚。我更是火上加油,冲上去就想在儿子已经有五条手指印的屁股蛋上

来个锦上添花。我凶神恶煞般地举着巴掌刚赶到儿子面前,保姆蟒冷不防从儿子身后窜出来,瞪着眼,弓着脖子,拦住了我。我教训我自己的儿子,关你保姆蟒什么屁事嘛?你也不撒泡尿照照自己,是什么东西,充其量一个保姆,有什么资格来干涉主人的家事?我一怒之下,喝了声:"滚!"飞起一脚朝蛇腹踢去,不幸的是,平时看起来行动很迟缓的保姆蟒,这时候却表现得十分灵活,身体朝左一闪,我踢了个空。蛇脖子像弓似的一弹,那只方方的蛇头就像一柄流星锤,击中我的胸口,我四仰八叉跌倒在地。我的模样一定很狼狈也很好笑,像只仰面朝天的甲鱼,板着脸的妻子忍俊不禁,儿子也破涕为笑,拍着小手叫:"打爸爸!打爸爸!"

保姆打主人,岂不是犯上作乱!我以后在儿子面前还有什么父亲的威信?我恼羞成怒,恨不得立刻掐断保姆蟒的脖子,我气急败坏地爬起来,还没站稳,蛇头流星锤又"咚"的一声把我揉倒在地。不让我站起来,我就趴在地上不起来了,看你的蛇头流星锤还能奈我何!我匍匐前进,想迂回到墙角去拿扫把收拾保姆蟒。还没爬到墙角,可恶的保姆蟒"唰"的一声窜过来,蛇头一勾,先把我的双臂连同身体一起缠住,然后蛇尾一撩,将我的双腿也绕住了。我还是第一次被大蛇纠缠,那滋味和被绳子五花大绑不大一样,皮肉并不觉得疼,只是胸口被勒得发闷,有一种缺氧喘不过气来的感觉,整个骨架似乎也要被勒散了。我大声叫唤咒骂,保姆蟒就是不松劲。渐渐地,我像患了急性肠胃炎,忍不住要上吐下泻了。妻子看我脸上像涂了层石灰似的发白,吓坏了,喝令儿子把保姆蟒拉开。小儿淘气,嚷嚷道:"爸爸不打我,我就叫蟒蟒松开。"我无计可施,只好缴械投降:"爸爸不打你了,爸爸错了……"儿子面露胜利的微笑,跑上来摸摸保姆蟒的头,保姆蟒立刻顺从地松开了

身体……

就在我动脑筋想把保姆蟒辞退的时候,我的知青生涯结束了,我们夫妻被调到西双版纳州的首府允景洪去工作,城市不比山野村寨,家里养着一条大蟒蛇,邻居吓破胆不说,警察不来找麻烦才怪呢。再说,城里有幼儿园,儿子也不需要保姆了。正好趁此机会,把已经惹得我和妻子十分反感的保姆蟒甩掉。那天,我们打点好行李,等保姆蟒从我们厨房的窗口滑进箐沟去觅食,逃也似的坐上寨子里的马车,扬长而去。

两个月后,我在街上遇见到允景洪来购买农药的召彰。他告诉我说,我们走后,保姆蟒咬着我儿子穿旧的一件小汗衫,待在我们废弃的那间茅草房里,喂它什么它都不吃,召彰用笛声想把它引走,它也不走,半个月后,它活活饿死了,死的时候嘴里还咬着我儿子的那件小汗衫……

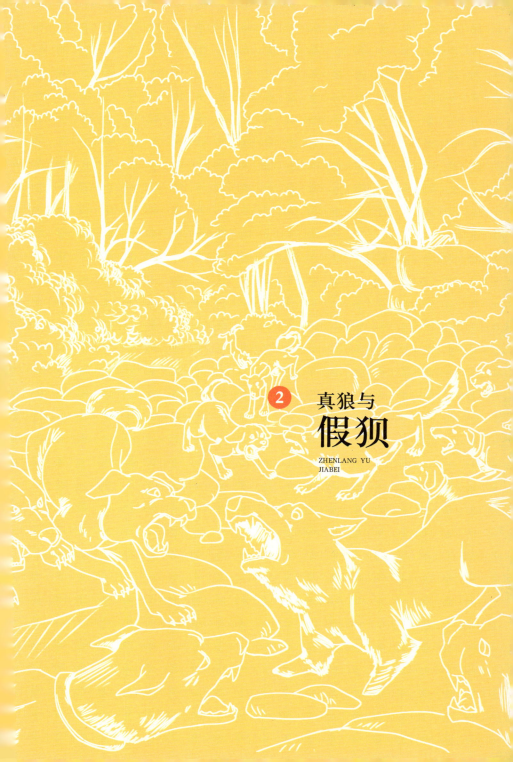

布朗山上发现了狼和狈!

第一个看见狼和狈的是山村邮递员康朗甩。据他说,那天他到布朗山乡公所去送邮件,晚上喝了一点儿酒,乘着月色从山间驿道下山来,手里还提着乡长馈赠他的一块腊肉。快到半山腰时,突然觉得身后有窸窸窣窣的声响,回头望去,驿道上飘忽着四只绿莹莹的小灯笼。他赶紧拧亮手电筒,一束强烈的光柱照过去,他看见一匹高大的狼驮着一只瘦小的狈正朝他迅速追来,他吓得扔下那块腊肉，转身就逃。"幸亏我手里提着块腊肉，要不然的话，我就成了狼狈的晚餐了，"康朗甩心有余悸地说，"谁斗得过狼狈呀，连老虎见着狼狈都会吓出一身汗来呢。"

民间流传着很多关于狈的故事，说狈会模拟各种鸟兽和人的声音。偷鸡时，会像下蛋的老母鸡那样"咯咯咯"地叫，把公鸡引诱过来，然后一口咬断公鸡的脖子；会发出婴儿的啼哭声，惟妙惟肖，把牧羊人从羊群边引开，趁机猎取羊羔；还会把一只小牛犊吃空后，留一张完整的皮囊，披在身上学牛犊的样，钻到母牛肚子底下挤牛奶喝，是一种比狐狸更狡猾的动物。狈虽然头脑特别发达，却体小力弱，尤其是两条前腿很短，不善行走，要靠狼背着才能活动，所以狼狈，狼狈，狼和狈是连在一起的。狼把狈驮在自己的身上，合二为一，野蛮的体魄和狡诈的头脑相结合，狈出坏点子，狼实施坏点

子,干尽了坏事,连猎人都束手无策,所以才有"狼狈为奸"的说法。

说布朗山上有狼,我相信。三个月前,曼广弄寨的老猎人波农丁在布朗山上埋了一副捕兽铁夹,过了两天去收铁夹子时,发现铁夹已经碰倒了,铁杆下夹着两只黑毛兽爪,长约三寸,形状与狗爪相似,趾甲却比狗爪要锋利得多,铁夹上还洒着许多血,将那两只兽爪拿回去给许多有经验的猎人鉴别,一致同意是狼爪;也只有狼,在不小心被捕兽铁夹夹住脚爪后,能残忍地咬断自己的膝盖,用高昂的代价换求一条生路,其他任何动物都下不了这种狠心,用自戕肢体的办法从捕兽铁夹下逃脱,而只能乖乖地束手就擒。说布朗山上有狈,我不相信。虽然人们常把狼狈连在一起,但据《辞海·生物分册》介绍,狈属于民间传说中的动物,就像凤凰、麒麟和龙,谁也没见过。我想,一定是康朗甩那天晚上酒喝多了,醉眼蒙眬,视觉出现叠影效果,把一匹狼看成狼和狈了。

仅仅隔了两天时间,我也看到狼和狈了,而且吃了它们的大亏。那天中午,我在稻田里割稻子,不小心割破了小指头,伤口很深,血流不止,村主任让我回家休息。农忙季节,寨子里男女老少差不多都下田干活去了,狗也跟着人到田坝捉秧鸡去了,巷子里静悄悄的,只有不怕炎热的太阳鸟在篱笆墙的花丛中采蜜。我拐了个弯,突然就看见我小木屋旁的猪圈前,站着一对狼狈。和传说中的完全一样,那狈两条短短的前腿搂住狼的脖子,整个身体都骑在狼的背上。狈毛色漆黑,体态娇小,比土狗稍大些;狼毛色褐黄,高大健壮,像只小牛犊——一小一大,一黑一黄,看得十分清晰。我赶紧钻进路边的草丛里,躲了起来。我没带猎枪,手里只有一把镰刀,不是黄狼和黑狈的对手。我轻轻拨开草叶,

窥望它们的举动。

它们瞧中了我养了半年多的那头母猪,那根狼舌和那根狈舌都长长地拖出嘴外,垂涎欲滴,很想尝尝家猪的滋味。我不太担心我的母猪会遭殃,我是用楠竹搭的猪圈,篱笆墙里外两侧都栽着一人高的仙人掌,这种仙人掌浑身长满了两寸长的刺,有毒,被扎到后疼痛难忍,皮肤还会发炎溃烂,比铁丝网还管用。我不敢夸口说我盖的猪圈固如金汤,但起码不是那么容易攻破的。连我的母猪都感觉到自己是在安全可靠的屏障后面,所以,尽管它已经透过篱笆的缝隙看见了黄狼和黑狈,也没惊慌失措地大叫大嚷。

黄狼和黑狈在高达两米、结实牢固且栽着仙人掌的猪圈前徘徊了一阵,黄狼那双吊向额际的斜眼一片迷惘,那张凶狠的狼脸上露出无可奈何的表情,身体慢慢转向寨外的箐沟,似乎在说:"算了吧,别在这里泡蘑菇了，我看这猪圈是很难攻破的，别猪肉没吃到，反被扎了一身仙人掌的刺。"黑狈却目光坚定，用自己的脖子缠住狼的脖子，硬把狼想要离去的身体扭转到猪圈前来，似乎在说，老伙计，别泄气，胜利往往在于坚持！我看得清清楚楚，那只该死的狈把尖尖的嘴附在狼的耳畔，咕咕哝哝了一阵。没想到，狈和狼还会咬耳朵说悄悄话。黑狈的脸上洋洋得意，一看就知道是在向黄狼面授锦囊妙计。我果然没猜错，只见那匹黄狼快速冲到篱笆前，突然前肢一跃，身体竖直起来。就在黄狼直立的刹那间，黑狈两只后爪踩上黄狼的肩，继而踩上黄狼的头顶，倏地一下，细长的身体也竖直起来——这是标准的叠罗汉，超一流的杂技动作，看得我眼花缭乱。更绝的是，黄狼在黑狈站上它头顶的一瞬间，身体猛地向上蹿了蹿，黑狈像被自动跳板弹了一下，凌空飞起，越过两米来高的篱笆墙，进了我的猪圈，动作完整协调，配

合得天衣无缝。更让我感到惊讶的是，黑狈从空中跳进猪圈，刚好落在我的母猪的背上，一口就咬住了母猪的耳朵，使劲一拧，母猪就改变了方向，猪头朝着篱笆墙了。母猪发出尖嚎声，遗憾的是我没有办法去救它。黑狈待母猪调转方向后，用尾巴像根鞭子一样抽打着猪屁股。我可怜的母猪——唉，真是头十足的蠢猪——一头向篱笆墙撞去，它大概以为冲破篱笆墙就可以逃命了。殊不知，它正中了黑狈的圈套，脑子笨得像只木瓜，力气倒大得像牛，只听得"哗啦"一声响，竹篱笆被撞开一个豁口，母猪满头满脸都是血，眼皮上还钉了两根仙人掌的刺，而黑狈却因为躲在母猪的背后，安然无恙。母猪变成了披荆斩棘的开路先锋，变成了活生生的挡箭牌！

我算是懂得了什么叫互相勾结、狼狈为奸。

母猪出了猪圈，背上有黑狈叼着猪耳朵掌握方向，后面有黄狼用咬屁股的办法拼命驱赶,它虽然满心不愿意,也不得不跟着它们钻进荒草掩映的箐沟里去了。

布朗山上发现了狈的消息不胫而走,省动物研究所派了个姓孙的研究员下来,组织曼广弄寨全体猎人和猎狗上山围剿。我也参加了狩猎队。我们在山上整整搜了半个月,最后在臭水塘旁找到了黄狼和黑狈。

一声呼哨,二十多条猎狗像拉开的一张网,冲下山坡,向黄狼和黑狈罩了过去。

我真正体会到了"狼狈不堪""狼狈逃窜""狼狈至极""实在太狼狈了"这些成语和日常用语的生动与准确。

我站在小山顶上用望远镜看,黄狼驮着黑狈,颠颠地在前面逃,狗群在后面拼命追。狼和训练有素的猎狗奔跑速度差不多快,但此刻黄狼驮着黑狈,情况就不一样了,好比一个是负重在跑,一个是轻装在跑,黄狼的速度明显比不过猎狗,彼此的距离越来越近,不一会

儿,狗群离黄狼和黑狈只有二十几米远了。这时,黄狼冲下一个约七十五度的陡坎,大约是想用走险道的办法摆脱屁股后面讨厌的狗群。狼由于经常要捕捉岩羊、斑羚之类善于在悬崖峭壁上攀缘行走的动物,练就了非常过硬的下陡坎的本领,能轻盈地从几丈高的陡坎上跳下去,稳稳地落到下面平坦的岩石上,不停顿地再往下跳。而狗在这方面就要差一大截,在陡坎面前往往畏缩不前,左右环顾,挑选容易落脚的地段,试探两三次,才敢跳下去。现在黄狼冲下去的陡坎约有十丈深,足够狗们磨蹭一阵子的了,我担心这条陡坎会让黄狼和黑狈逃之夭夭。可我很快发现自己的担心是多余的,黄狼刚刚往下跳第一个台阶,不知是因为黑狈没做好下陡坎的准备,还是黄狼的屁股翘得太高身体过于垂直,黄狼的前爪刚刚落地,黑狈突然从黄狼的背上滑落下来,摔在石头上。这一跤摔得不轻,黑狈挣扎了好一会儿才站起来。黄狼在惯性作用下,已经跳下第二层台阶了,它站在第二层台阶上,转身朝上面的黑狒"嗷嗷"地叫着,是在催促黑狒快快下来。黑狒试探着往陡坎下走,狒的前肢比后肢短了一半,上坡还勉强能保持平衡,下坡就好比走钢丝绳,才走了一步,就闪了个趔趄,像只皮球似的往下滚,吓得它扒住一丛蒿草"嗷嗷"地叫唤。黄狼只好又从下面的第二层台阶蹿上来,蹲在黑狒面前,让黑狒爬上自己的背,再往陡坎下跳。

这么来回一折腾,给狗群赢得了时间,当黄狼和黑狒下到坎底时,狗群也同时下到了坎底,把黄狼和黑狒团团围了起来。

陡坎底下是一条宽敞的乱石沟,有利于猎狗发挥群体威力。

好一场精彩的狗、狼、狒大战。几条猎狗在正面与黄狼激烈撕咬,一条大白狗绕到黄狼背后,一口咬住黑

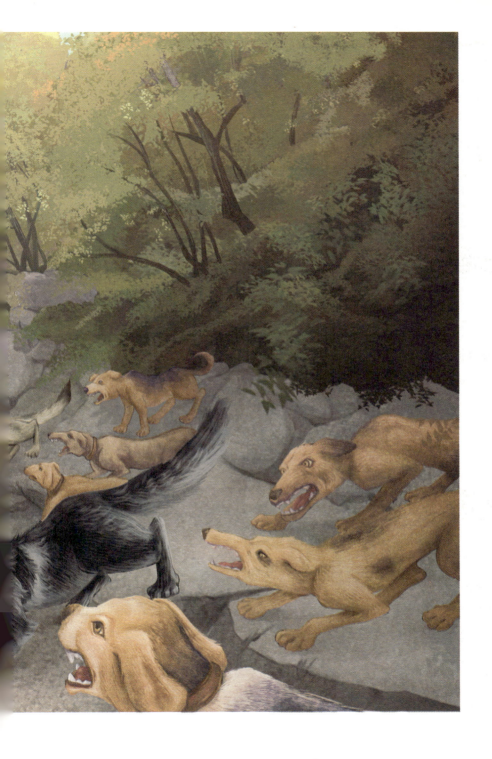

狈的一条后腿，把黑狈从黄狼的背上拉扯下来。四五条猎狗立刻围上来，你一口我一口，毫不留情地对黑狈发起攻击。黑狈虽然也长着和狼非常相似的一张大嘴、一口利牙，但毕竟身体瘦弱，尤其吃亏的是前腿短后腿长，要很费劲地抬起头来才能和狗在一个水平位置互相撕咬。狈因寡不敌众，挡住了前面的狗嘴，防不住来自背后的偷袭，不一会，口鼻、肩胛、脊背和后胯就被狗牙咬破，浑身都是血。它直起脖子，"嗷嗷"地嚎叫着，向黄狼求救。

黄狼陷在十几条狗的包围圈里，但它勇猛善战，咬断了一条黑狗的喉咙，还咬断了一条黄狗的前腿，它自己的一只耳朵也成了大花狗的战利品。听到黑狈的呼救，它不顾一切地冲开包围圈，向黑狈赶来。狗们像苍蝇似的跟在它屁股后面，有的咬腿，有的咬屁股，大花狗则一口叼住了那条又粗又长的狼尾巴，拔萝卜似的拼命拔，坚决不让黄狼靠近黑狈。狗的战略战术很英明，把狼和狈分割包围，各个歼灭。黄狼狂嚎一声，龇牙咧嘴地回转身来，狗们像遭到轰赶的苍蝇，奔散开去，唯独波农丁养的那条大花狗，仍叼着狼尾巴不放。黄狼左转，大花狗也机警地跟着左转；黄狼右旋，大花狗也灵活地跟着右旋，始终躲在黄狼的背后，让黄狼屡屡咬空。黑狈叫得愈发凄厉了，黄狼无心恋战，或者说没兴趣再跟大花狗玩捉迷藏，大嚎一声，强行向黑狈的包围圈窜去。我在望远镜里看得清清楚楚，黄狼的尾根爆出一团血花，大花狗嘴里衔着一根活蹦乱跳的狼尾巴。黄狼成了秃尾巴狼，但它好像忘了疼，也忘了要找仇敌报断尾之仇，闪电般地咬翻两条猎狗，冲到黑狈身边，趁狗群混乱之际，重新驮起黑狈，向乱石沟左侧一片野砂仁地仓皇逃窜。

这当然是徒劳的，才几秒钟工夫，溃散的狗群又

聚拢在一起，凶猛地追了上来。黄狼驮着黑狈，逃到离野砂仁地还有二三十米的地方，就又被跑在最前面的大花狗缠住了，黄狼转身迎战，一蹦跶，黑狈就从它背上"咕咚"滚了下来。看来，黑狈负了很重的伤，都没有力气在黄狼背上骑稳。黄狼用身体挡住大花狗，扭头朝黑狈叫了两声，意思大概是让黑狈赶快逃命，它在后面掩护。黑狈拱动着身体，歪歪仄仄地向野砂仁地跑去，它的速度实在太慢了，慢得我都可以追上它。没等黑狈逃进野砂仁地，狗群就像潮水一般涌了上来，兵分两路，又把黄狼和黑狈分割包围起来。

这时，黄狼要是撇下黑狈，是完全有可能死里逃生的。我想，它虽然断了一条尾巴，少了一只耳朵，但并没受致命伤，精力还很旺盛，而且包围它的十几条狗畏惧它的勇猛和野性，不敢靠得太近，包围圈显得松松垮垮，很容易冲开缺口的。

果然，黄狼瞄准最弱的一条狗猛扑上去，利索地一口咬断狗脖子，其他狗被震慑住，一瞬间停止了扑咬，造成短暂的"静场"效果，它迅速突出重围，飞快向野砂仁地逃去。

我觉得黄狼早就该撇下黑狈独自逃命了。很明显，黑狈已成了黄狼的累赘和负担，黄狼是不可能把黑狈从猎狗的包围圈里救出来的，再待下去，只能是白白送掉自己的性命，成为黑狈的殉葬品。别说狼了，即使是人，即使是夫妻，在这样危急的关头，恐怕也难免不撇下对方自己逃命的。常言道："夫妻本是同林鸟，大难临头各自飞。"何况它们不过是狼和狈的关系，狼狈为奸，奸者，不忠也，也就是说没必要互相忠贞不二。我觉得黄狼此刻独自逃命，不仅情有可原，还不用担心会受到良心的谴责或者说受到道德法庭的审判。它为黑狈做的已经够多了，它为它两次重陷狗的包围

圈，它为它牺牲了自己的尾巴，它已经算得上是仁至义尽了。

逃吧，你有权独自逃命的；逃吧，无所顾忌、无所牵挂地逃吧；你只要逃进迷宫似的密匝匝的野砂仁地，就像鱼回到了大海，你就算捡回自己的小命啦！

黑狈那儿，包围圈越缩越紧，狗们一条接一条跳到黑狈身上，撕咬得天昏地暗，黑狈躺在地上，已无力朝狗反咬，脖子一抽一抽，"呦嗷——"，它的嘴腔喷出一口血沫，也发出一声垂死的哀嚎。

已逃到野砂仁地边缘的黄狼像触电似的敛住了脚爪。

"呦嗷——呦嗷——"，黑狈连续吐出带血的呻吟。

黄狼"唰"地一下回转身来。

唉，真是一匹糊涂狼！

黄狼刚刚转过身来，大花狗已追了上来，眼疾爪快，一爪子抓过去，把黄狼的一只眼睛抠了出来，像玻璃球似的吊在眼眶外,秃尾巴狼又变成了独眼狼。它惨嚎一声,仍奋不顾身地朝黑狈所在的位置冲去。狗们蜂拥而上,像蚂蟥似的紧紧叮在它身上,一眨眼,它就满身挂彩,被咬趴在地上,可它仍拖拽着压在它身上的七八条狗,顽强地朝黑狈爬去,爬了十几米,在地上划出一条长长的血痕……

这时,我们这伙猎人和文质彬彬的孙研究员从陡坎上艰难地走了下来,围着满身血污的黑狈瞧稀罕。不知是谁说了一句:"这畜生还怀着崽呢!"我赶紧把视线移到黑狈的肚子,果然鼓鼓囊囊的,像只打足了气的篮球,一跳一跳地在抽搐,想来是里头的小生命还没死,还在顽强地律动。

"都说世界上没有狈,瞧瞧,我们不是打死了一只吗?登在报纸上,准轰动。"村主任得意地说。

孙研究员瞟了黑狈一眼,一脚踹在它的大肚子上,

不屑地撇撇嘴说:"活见鬼,哪里有什么狈,是狼,是匹黑母狼!它的两只前爪是让什么东西咬掉的,所以短了一截。唉,白忙一场。"

我们大吃一惊,急忙仔细观看,果然,尖尖的嘴,蓬松的尾,竖挺的耳,模样和狼差不多,再看那两只短短的前腿,没有脚爪,茬口露出骨头,很明显,这不是一双天然的短腿,而是一双残废的腿。我突然想起三个月前波农丁的捕兽铁夹曾经夹住过两只狼的脚爪,莫非……波农丁把两只狼脚爪风干后当作避邪的护身符,外出狩猎都带在身边的。我让他拿出来,比试着安在黑母狼的前腿,毛色一样,粗细相同,长短合适,原物相配,确凿无疑。

闹了半天,所谓的"黑狈",原来是匹残废的黑母狼!

我清晰地看到这样的情景:黄公狼和黑母狼住在

森林里，它们相亲相爱，黑母狼怀孕了，日子过得很甜美。有一天，它们见到一条羊腿挂在一个黑色的框框里，黑母狼肚子饿了，张嘴就去咬，那黑色的框框突然"活"起来，夹住了它两只前爪。黄公狼帮它一起咬铁杆，狼牙咬崩了好几颗，还是无法把它的脚爪救出来。万般无奈，只好从膝盖处把两条前腿咬断。黄公狼并没嫌弃自己残废的妻子，它把已无法行走也无法捕食的妻子背在身上，风风雨雨，跋山涉水，至死不渝……

"沈石溪，"村主任把我从幻觉中叫醒，指着躺在地上的黄公狼和黑母狼对我说，"你的母猪被它们咬死了，它们就归你了，也算是赔偿你的损失。趁它们身体还热乎，快剥皮吧。我们先回去了。"

山野只剩下我和两匹死狼，假如我剥下两张狼皮来，再把狼肉挑到集上当狗肉卖，大概能换回一头母猪

来，可我没这样做。我挖了个很深的坑，先把黄公狼放下去，再抱起黑母狼，让它骑在黄公狼的背上，母狼两只残废的前爪紧紧搂着黄公狼的脖子，两张狼脸亲昵地依偎在一起。最后，我用土把坑填实了。我觉得黄公狼把黑母狼背起来这个姿势，无论是生是死，是人是兽，都是很美丽的。

3 狼种
LANGZHONG

一

它叫大灰,是阳光大马戏团的动物特型演员,在舞台上专门扮演大灰狼。

在人类演艺圈里,要拍政治家、军事家或文化名人的影视剧,就要挑一个长相酷似的人来出演主角,这就叫特型演员。

大灰来阳光大马戏团之前,是黑土凹警犬学校中一条即将毕业的警犬。

大灰刚生下来时，毛色就让人看着不顺眼。通体紫灰，没有光泽，就像一堆难看的草木灰。

警犬学校的狗都是从国外引进的名贵犬种，大致分两种颜色，要么通体金黄，要么是黑与黄组合成的花色，从未有过灰毛狗。

它的长相似乎也与正常的狗崽子有差异。正常的狗崽子嘴巴圆润，耳郭柔软如花瓣，半只耳朵皮盖在额头上，显示出狗顺从的品性。大灰的嘴巴又尖又长，三角形耳郭坚挺耸立，透出一股让人感觉不舒服的倔强神情。

不能以貌取人，当然也不能以皮毛的颜色和长相的美丑来取狗。

三个月大后，大灰和其他小狗一起接受严格的警犬训练。

大灰在训练场上表现出色，但随着身体发育成熟，

长相却越来越离谱。

所有人都觉得,大灰不像一条狗,倒像是一只狼。

在动物分类学上,狼和狗虽然同为犬科犬属,血缘近亲,体貌相似,但仔细鉴别狼和狗的长相和身体外形,就会发现它们之间还是有明显区别的。

从体态上说,狼和狗显著的差异在胸部,狼的胸部较狭窄,狗的胸部较开阔。不用尺子来量,一眼就能看出大灰的胸部比其他警犬窄了约一寸。

从五官上说,狼的吻部尖长,嘴巴特别阔大,便于在野外撕咬猎物,狼眼比狗眼更细长些,瞳仁比狗的明显要小,狼眼是白多黑少,所以民间有"白眼狼"的说法。用这标准来衡量,大灰长着一副活脱脱的狼的尊容。

从尾巴上说,狗尾巴紧凑光滑,当主人抚摸它们时,会像蛇一样活泼地蜷曲摇动;而大灰的尾巴却蓬松如扫帚,僵硬得像根棍子,或者平举或者耷落,最多只能左右笨拙地甩动两下，属于典型的狼尾巴。

要说狼和狗最大的区别，在于叫声不同。狗会吠叫，"汪——汪——汪——"，声音短促嘹亮，富有节奏感；而狼不会吠只会嚎叫，叫声绵长中间没有间隔，音质尖厉缺乏变化。大灰怎么努力也叫不出清晰的狗吠声，只能发出凄厉难听的狼嚎。

警犬学校的每一条狗都有完整的档案资料，细细查阅后发现，大灰的祖母是一条法国狼犬，有十六分之一狼的血统；大灰的母亲是一条德国杜宾犬，有六十四分之一狼的血统。

一般来讲，只要狼的血统低于十六分之一，狼的整体性状就不明显了；换句话说，母狗身上只要狼的血统少于十六分之一，狗的整体性状就是明显的。

大灰的母亲身上只有六十四分之一狼的血统，而大灰只能继承母亲身上一半狼的血统。

但遗传密码排序极为复杂，在某种因素的干扰下，一些原本隐藏的性状可能突然变明显，这就是"返祖"现象。

毫无疑问，大灰身上出现了罕见的返祖现象。

一年零七个月的学习生涯结束了，大灰完成全部警犬训练课目，蹿跳、奔袭、游泳、嗅闻、追踪、潜伏、捕捉、格斗，考核成绩门门都是优秀。

云南地处西南边陲，山高林密交通不便，与罂粟产区金三角相隔不远，贩毒活动十分猖獗。警犬嗅觉灵敏，能从一堆新鲜的椰子里准确找出哪几只藏有海洛因，还能从密不透风的热带雨林里把蜷缩在蟒蛇洞中的毒贩子缉拿归案。一条优秀的警犬抵得上三个平庸的警察。

训练有素的警犬供不应求，十分紧俏。

"它除了长相不太中看外，其他各方面都很棒，跟别的警犬没什么两样。带回去吧，我敢保证，它不会让你们失望的。"警犬驯养员热情地向边境缉毒分队前来购犬的人推荐介绍。

"不行，不行。"人们连连摇头，"牵着狼上山巡逻，会惹出一大堆麻烦来的。"

同期毕业的三十来条警犬很快被抢购一空，唯独大灰无人问津。

有人提议，将灰狗崽子当作生理有缺陷、训练不合格的废犬，按正常程序淘汰，送往林场、货栈或仓库去，做一条守家护院的看门狗。但问了好几个地方，人家一看是一只不会摇尾巴的灰毛狼，立刻婉言谢绝了。

又有人提议，把大灰当狼送到动物园去，圆通山动物园有野狼馆，物以类聚，应该说是很恰当的。可动物园的人说，这不是真正的狼，而是一只返祖现象的狗，动物园不能接受一条被遗弃的家犬，不管它长得是不是

像狼。

如何处置这条长相异化的狗,竟成了警犬学校的一道难题。

二

阳光大马戏团高导演参加朋友的生日聚会,来到警犬学校,酒席间听说了大灰的事。

一开始,高导演并没要招个狗演员的想法,马戏团狗演员阵容最为强大,已经有十二条聪明伶俐的卷毛哈巴狗,没必要再添新狗演员。

可当他站到大灰面前时,出于职业的敏感,出于排演新节目的考虑,立马就决定把大灰带回马戏团去。

马戏团有许多种类的动物演员,狮、虎、豹、象、熊、狗、猫、马、羊，还有海狮、海豹、海象等，唯独没有狼。谁也没有规定，说狼不能上台演出，可在全世界所有的马戏团中，却找不到一个狼演员。

有人说，是因为狼和狗长得相似，能表演的形体动作也大致相同，各马戏团都豢养着一大群狗演员，没必要再耗费人力、财力去培训狼演员了。

也有人解释说，全世界马戏团之所以都将狼拒之门外，最根本的原因是，人们对狼有一种根深蒂固的厌恶和憎恨。

同样是猛兽，可狮子、老虎毛色华丽，形象威武，人类对它们抱有敬畏的心理，常用雄狮来比喻刚强的男子汉或骁勇善战的军队，用醒狮来比喻新兴的国家或崛起的民族，更有一大串成语用来赞美老虎，什么虎踞龙盘、龙腾虎跃、虎虎生威、将门虎子，等等。因此，狮子、老虎登上马戏团舞台，体现力量的壮美，观众会产

生崇拜认同，别有一番审美情趣。

狼就不同了，翻遍字典也找不到一句褒奖的话，什么狼心狗肺、狼子野心、狼狈为奸、豺狼当道等，全是清一色的贬义词。在人们心目中，狼是十恶不赦的坏蛋，是恶魔的代名词。再说，狼毛色单调，嘴脸丑陋，缺乏美感，形象也不适合登台演出。

人类社会有人种歧视的现象，动物世界难免也有物种歧视的现象。

可高导演是个具有创新精神的人，他觉得时代在变，思想观念也随之在变，人们对狼的认识已不像过去那样极端了。现在，观众应该是能接受一只狼登台演出的。

大灰酷似桀骜不驯的狼，对外就宣称它是一只狼，估计没有人会怀疑。

阳光大马戏团提的口号就是：人无我有，人有我优。全世界马戏团没有一个狼演员，如果能成功地让一只狼登上舞台，本身就很新奇有趣，无疑具有广告效应。

高导演决定招收大灰，还有一个很重要的原因，它刚好能配合他的改革方案，排演从内容到形式都令人叫绝的新节目。

这几年，人们对马戏表演的热情早就衰退，说得刻薄一点儿，马戏已变成一门没落的艺术，光顾马戏团的人越来越少。

他晓得，除社会环境变化这个外部因素外，节目老化，也是阳光大马戏团一年不如一年景气的很重要的原因。马走舞步、羊拉三轮、虎钻火圈、熊舞飞叉……就这么一二十个节目翻来覆去地演，天天都是老一套，谁还稀罕来看呀！

要想振兴阳光大马戏团，把流失的观众重新拉回剧场来，唯一的办法就是根据青少年追求刺激的心理特点，编排出惊险新奇的节目来。

他有个大胆的设想,将几种不同的动物串联起来,动物演员相互配戏,编出有故事情节的马戏短剧。

迄今为止,舞台上只有杂技剧,还没有几种动物联袂演出的马戏剧。

要想出既有思想教育意义,又能充分发挥各种动物演员技巧特长,还有相当艺术吸引力的故事情节,并非易事。他苦思冥想了好几个月,脑子里仍一片混沌。

说也奇怪,高导演站在大灰面前,突然就来了灵感。哦,一只凶残狡猾的大灰狼,要去吃美丽可爱的小白羊,鹦鹉、哈巴狗和黑熊齐心协力斗败了大灰狼……这肯定很有意思,在善良的众多动物与恶狼斗智斗勇过程中,可以穿插许多精彩的杂技动作。

剧名就叫《智斗大灰狼》,孩子们肯定喜欢看。

警官学校正为如何处置大灰发愁呢,高导演不费吹灰之力,也没花一分钱,就把大灰带回了阳光大马戏团。

三

它在警犬学校叫大灰,到了阳光大马戏团后,大家仍叫它大灰,这虽然不是一个很响亮的艺名,但很贴切,符合它的长相特征。大灰者,又是"大灰狼"的简称,含有某种暗示。

阳光大马戏团有个很大的狗棚,里头有用棉毡铺垫的睡窝,有色彩鲜艳的食盆,有触碰式自动饮水机,还有彩球、电子兔、塑料肉骨头等玩具。对狗而言,这里算得上是功能齐全的豪华别墅了。十二只哈巴狗就住在里头。

管理员老费没让大灰住进舒适的狗棚,而是在狗棚边靠近阴沟的一块空地上用钢筋焊了一只铁笼子。笼子阴暗潮湿,有一股腐烂的霉味,低矮狭窄,大灰在里头站直了,额头就会顶着上壁,转身时尾巴也会蹭着铁

杆，活像在蹲监狱。

"白眼大灰狼，只配住这种地方。"老费说。

狼在任何地方都属于不受欢迎的角色。

负责训练大灰的，是个名叫川妮的女演员，从艺已有七八年时间。她是在高导演严词训斥下才皱着眉头含泪接受训练大灰的任务的。她对团里要好的姐妹说："看见它，我就会想起小时候读过的童话里的狼外婆，脊梁就冷飕飕的，心里发毛，头皮也会发麻。"

不情愿去做的事情，态度自然很恶劣。

"跳，快跳！"川妮柳眉高挑，杏眼圆睁，手中的棍子指着两米高的铁圈，大声呵斥。大灰腾空起跳，稳稳当当地从直径约半米的铁圈中穿了过去。

"站起来，狼爪子举高些！走，快走！"川妮手中的驯兽棍直逼大灰的脑门，模样很像是粗暴的老师在指责一看就让她心烦的顽劣学生。

其实川妮是个挺有爱心的女人,蛮喜欢小狗小猫的。

"别害怕,乖乖,勇敢些,来,跳呀!"她和颜悦色地对哈巴狗们说。

十二只哈巴狗全身披着白色的长毛,蓝眼睛,塌鼻子,大耳朵,四条腿很短,胖嘟嘟的迷你身材,奔跑起来就像一团团滚动的雪球,滑稽又可爱。

当一只名叫杰克的哈巴狗勉勉强强从铁圈穿过去后,她会温柔地抚摸它的颈毛,亲昵地拧它肉乎乎的耳垂,夸奖道:"好样的,真聪明!"

训练告一段落,便要给受训的动物喂点儿东西吃,有奖赏才有干劲,食物引诱是马戏团培训动物演员的最佳方法。

十二只哈巴狗轰地一下把川妮团团围住,拼命往她怀里钻,"汪嗯——汪嗯",发出撒娇的哼哼声,伸出粉红色细腻的狗舌,争先恐后去舔她的脸。

她咯咯笑着，没法拒绝这过分的热情。

她抱抱这个，又亲亲那个，将香喷喷的牛肉干塞进哈巴狗的嘴里。

每每这个时候，大灰总是站在幽暗的墙角，目不转睛地盯着那群幸福的哈巴狗看，狭长的狼脸上浮起羡慕的神情。

川妮也给大灰喂牛肉干。团里有规定，凡参训的动物演员，无大的过错，中间休息时都要喂一点儿食物，以形成激励机制。

大灰是从警犬学校毕业的高才生，难度再大的训练课目也是小菜一碟，钻圈、蹿高、叼碟、直立、拖物……无论什么动作都完成得精准漂亮，根本挑不出毛病来，是最应该得到牛肉干犒赏的。

川妮总是蹙着眉尖，抓一把牛肉干走到大灰面前板着脸"嗯"一声，当大灰抻长脖子张开尖尖的嘴巴想要叼食时，她一撒手，将牛肉干扔在地上，任由大灰捡食。

那模样，像是护士在尽量避免接触烈性传染病患者。

这天上午，与往常一样，训练间歇，哈巴狗们围着川妮，摇尾撒欢，献媚邀宠。

大灰不停地伸出血红的舌头舔着自己的鼻子，眼里透出艳羡的光，一副神往已久的表情。它沿着墙线，压低身体，悄悄绕到川妮身后。

它虽然外貌像狼，本质上仍是狗，而且是狗类中品性最忠诚的警犬。像所有的狗一样，它渴望得到主人的搂抱和抚摸，渴望得到主人的宠爱。

它似乎知道这位漂亮的女主人并不喜欢它，所以不敢像哈巴狗们那样放肆地钻到川妮怀里去撒欢，只是躲在背后蜻蜓点水般地用舌尖轻轻亲吻她的衣领。

川妮与哈巴狗们嬉闹着,没有察觉大灰已绕到自己背后来了。

杰克正趴在川妮的肩头享受主人温馨的爱抚,当然看见了大灰做贼似的举动。哈巴狗擅长察言观色,杰克早就看出女主人讨厌这非狼非狗的家伙。它立刻"汪汪"地在主人耳畔报警:亲爱的主人,背后有紧急情况!

川妮猛地回头去看,她的眼睛和那双白多黑少的"狼眼"四目相对,她白皙细嫩的脖颈刚好撞在大灰尖尖的嘴巴上。她没思想准备,吓一大跳,失声尖叫起来。

美丽的女孩子见到一条毛毛虫爬到身上,或者一只老鼠冷不防从面前窜过,都会惊骇地大叫起来,一副立刻就要晕倒的表情。

大灰"噼啪"左右甩动着扫帚般的笨尾巴,将半条舌头从唇齿间伸出来,眼珠子尽量睁大,并将自己最易受伤害的颈侧暴露在外,用犬科动物特有的形体语言表白自己的心迹：请相信我，我没有恶意。

而在川妮眼里，那条左右甩动的大尾巴，却是扑咬的信号；拧着脖颈，是行凶的前奏；眼珠子瞪得这么大，活脱脱一副饿狼垂涎欲滴的表情；这么长的半截血红的舌头伸在嘴外，是不是想尝尝人肉的滋味呀？尖利的犬牙闪着寒光，简直预示着吃人不吐骨头啊！

她粉红的小脸恐怖地扭曲了，用手护住自己的脖子，颤抖的声音高喊道："你想干什么？滚……滚……快滚开！"

大灰胆怯地望着她，后退了两步。

川妮倏地站起来，抄起那根驯兽棍，戳着大灰的肩胛，用力推搡，咬牙切齿地喝道："滚，滚到墙角去，离我远点儿！"

哈巴狗们也龇牙咧嘴地咆哮着，上蹿下跳，凶猛地驱赶大灰。哈巴狗历来看主人的脸色行事，爱主人所

爱，恨主人所恨。

大灰将扫帚似的大尾巴紧紧夹在胯间，脊背高耸，脑袋缩进颈窝——这是犬科动物被打败后的姿态——发出刺耳的哀嚎，就像负了重伤一样，脸上的表情异常痛苦，被迫向幽暗的墙角退去。

那根八十厘米长，闪闪发亮的金属驯兽棍并没戳疼大灰，哈巴狗们也只是朝它吠叫而已，没扑上来撕咬。作为狗，被主人嫌弃，遭主人厌恶，受主人憎恨，是最大的悲哀。它的心受了伤，它的心在滴血，这精神创伤，比皮肉受到鞭笞厉害多了。

大灰蜷缩在幽暗的墙角，身体像害着大病似的瑟瑟发抖，头埋进臂弯，发出如泣如诉的嚎叫。

川妮平静下来，大概意识到自己态度过于粗暴，做得有点儿太过分了，便抓了一把牛肉干，扔在大灰面前，也算是一种和解吧。

大灰虽然肚皮空瘪瘪,却没有去动这些喷香美味的牛肉干。

人伤心时吃不下东西,狗伤心时也吃不下东西。

四

经过三个月的紧张排练,《智斗大灰狼》节目终于搬上了舞台。

高导演不愧是马戏艺术的行家里手,节目编排得热闹而有趣。帷幕拉开,两只五彩缤纷的金刚鹦鹉在道具树上互相梳理羽毛,一只可爱的小白羊迈着悠闲的步伐从树下经过,音乐优美抒情,一派和平安宁的景象。

大灰从草丛里钻出来,音乐骤然间变得粗野,青紫色的灯光打在它身上,它的模样更显得狰狞,吐着血红

的狼舌，露出白森森的犬牙，发出令人毛骨悚然的长嚎。

大灰身体躲进树洞，尾巴翘得老高，通过一个魔术装置，尾尖冒出一朵红花，晃动摇曳，试图引诱金刚鹦鹉来叼食。

雄鹦鹉展开翅膀，欲去啄咬那朵小红花，雌鹦鹉口齿伶俐地说："大灰狼，别上当！"于是，快俯冲到地面的雄鹦鹉振翅飞回树冠。

两只鹦鹉从树冠上垂下一只钩子，勾住那朵红花，用喙衔着打结的绳索，一点儿一点儿将那朵红花钓上树来。

大灰感觉到尾尖有动静，以为猎物上钩了，猛地从树洞窜出来，却只咬到一团空气。

小白羊又出现了，大灰馋涎欲滴，踩着音乐节拍，悄悄向目标逼近。

两只鹦鹉用小铁皮桶齐心协力从树下吊起一桶水。

大灰来到正埋头吃草的小白羊身后,张牙舞爪地刚要行凶,冷不防一桶凉水从树上浇下来,变成一只落汤狼。小白羊夺路而逃。

大灰钻进一只看似透明的魔术箱,倏地一转,出来后身上披了一张羊皮,变成一只披着羊皮的狼,再次向小白羊摸去。

雄鹦鹉高叫:"狼来了!"雌鹦鹉大喊:"要当心!"

小白羊抬头看了看披着羊皮的大灰,误认为是自己的同伴,没有在意。

哈巴狗杰克从魔术箱里窜了出来,咬住羊皮猛烈拉扯,暴露出大灰狼的本来面目。小白羊咩叫着逃跑了。

恼羞成怒的大灰转身追咬杰克。体态娇小的杰克无法与大它三倍的大灰匹敌,只好逃向正靠在大石磨上睡觉的狗熊身边,寻求帮助。

杰克扑到狗熊身上汪汪吠叫,狗熊却酣睡不醒。杰克从狗熊的背上爬过去,紧跟其后的大灰也爬到狗熊背上。

狗熊被弄醒了,站起来伸了个懒腰。大灰从熊背上跌落下来。狗熊勃然大怒,追打大灰。大灰身手矫健,笨拙的狗熊在后面穷追不舍。

眼瞅着大灰就要被狗熊逮着,它"狗"急跳墙,蹿上两米高的大石磨。

哈巴狗杰克跳不上去,狗熊也爬不上去,望着大石磨想主意。

狗熊似乎想出了好办法,发挥大力士的特长,去推沉重的石磨。

石磨转动,大灰在上面站立不稳,踉踉跄跄,看上去好像马上就要摔倒。狗熊更来劲,卖力地推着石磨,磨出许多五颜六色的纸屑,纷纷扬扬,就像下了一场彩色的雪。

大灰在石磨上做出许多滑稽动作，一会儿直立，一会儿跌倒，一会儿打滚，可就是没从上面摔下来。

狗熊"吭哧吭哧"喘着粗气，飞转的石磨越来越慢，终于停了下来。狗熊累得口吐白沫，瘫坐在地上，头一歪睡着了。

大灰轻盈地从石磨上跳下来，穷凶极恶地捕捉小白羊。

哈巴狗杰克勇敢地引开大灰，掩护小白羊撤退。

大灰快咬住狗尾了，杰克急中生智，窜进四面都是玻璃墙的魔术房。大灰刚要跟着钻进去，魔术房中一只接一只地蹦出好多哈巴狗来。

同样娇小玲珑的体态，同样雪白卷曲的长毛，共蹦跳出十二只哈巴狗。

大灰寡不敌众，只得夹着尾巴逃跑了。

狗群随后猛追。雄鹦鹉叫："大坏蛋，逃不掉！"雌鹦鹉喊:"狠狠咬,不轻饶!"

大灰走过独木桥,哈巴狗圆胖的身体难以掌握好平衡,就排成队,后面的咬住前面的尾巴,互相搀扶着走完狭窄的独木桥。

大灰穿越铁圈,哈巴狗短粗的四肢跳不到这个高度,小白羊就领着狗熊来当垫脚石。哈巴狗们先跃到狗熊背上,再起跳穿越铁圈。

狗熊仍在沉睡,每当一只哈巴狗蹬着它的背起跳时,它就会发出巨大的呼噜声,嘴巴里就会冒出一串五彩缤纷的肥皂泡。

大灰精疲力竭地逃到树下,长长的舌头伸在嘴外。

雄鹦鹉叫:"天罗地网!"雌鹦鹉喊:"插翅难逃!"

十二只哈巴狗玩起叠罗汉的游戏,杰克踩着其他哈巴狗的身体,咬住树枝上垂挂下来的一只吊环。"哗啦",树上落下一张网,正好罩在大灰身上。大灰越挣扎网缠

得越紧，就像包粽子一样被团团裹了起来。

哈巴狗们发出胜利的吠叫，大灰发出绝望的哀嚎。

哈巴狗们咬着尼龙网，像押解俘虏一样把大灰拖到后台去。

节目将马戏、杂技和魔术融为一体，无论观赏性还是艺术性都是无可挑剔的，好几家当地媒体辟出专版予以推介，认为这是"马戏艺术有益的尝试和崭新的突破"。

每次演出结束，热情的掌声都经久不衰。高导演就让十二只哈巴狗、两只金刚鹦鹉、小白羊和那头狗熊出来谢幕。为了提高观众的参与度，为了舞台上和舞台下有更多的沟通与交流，高导演还设计了别开生面的谢幕仪式：

——雄鹦鹉叫："谢谢你们！"雌鹦鹉喊："多多光临！"

——狗熊直立在舞台上，挥舞着毛茸茸的熊掌向观众致意。

——小白羊举起前蹄,敲打着斜放在地上的爵士鼓。

——每只哈巴狗叼起一束鲜花,摇着尾巴奔向观众席。

这些机智、勇敢而又可爱的小家伙,自然受到观众的热烈欢迎。白色的狗毛梳洗得很干净,脚掌上也没什么灰尘,于是人们就把它们抱进怀里。它们是演员,受过专业训练,晓得自己是在演戏,所以并不介意让陌生人抱抱。它们乖巧地舔着男人的胡子和女人的发辫,逗得人们心花怒放。

欢乐的谢幕仪式没有大灰的份。它是反派角色,是一只贪婪、狠毒、狡诈而又愚蠢的白眼大灰狼,是可怜、可恶、可恨的小丑,是凶恶丑陋的大坏蛋,当然是没有资格站在舞台上向观众致意。它被哈巴狗们拖进后

台,由川妮替它解开裹在身上的网,然后就蹲在黑黢黢的廊柱背后,透过大幕的缝隙,窥视着剧场内热闹欢快的谢幕仪式。

有一天,一只名叫婻婻的哈巴狗被大黄蜂蛰肿了眼睛,暂时上不了舞台。少一只或多一只哈巴狗无所谓,演出照常进行。

谢幕时,原准备好的十二束鲜花,十一只参加演出的哈巴狗叼走了十一束,还剩下一束搁在道具箱上。

观众席上,许多人都张开双臂抢着接受鲜花和拥抱哈巴狗。有一个扎红蝴蝶结的小女孩,没能抢到鲜花,扑到爸爸怀里伤心地哭了。

大灰叼起道具箱上剩下的那束鲜花,钻出帷幕,向哭泣的小女孩走去。

很难猜测大灰这么做的动机是什么。也许,它觉得扎红蝴蝶结的小女孩怪可怜的,出于同情,想把那束多余的鲜花送给她;也许,它独自蹲在廊柱背后,寂寞冷清,想跑出去凑个热闹;也许,它觉得精彩的演出也有它的功劳,也想分享观众的掌声和欢笑声。

大家都在忙碌,谁也没有发现它溜出了帷幕。

它知道自己形象不佳,生怕吓着小女孩,在距离两米远的地方就停了下来,脖子尽量往前抻直,从嘴角两边发出呜呜声。

小女孩扭过头来,两只大眼睛忽闪忽闪,惊讶地望着它。

它轻轻摇晃着衔在嘴里的鲜花,好像在说:快拿去吧,愿你今晚有个甜美的好梦!

小女孩噙着泪花笑了,脸上笑出两个深深的酒窝,从爸爸怀里挣脱开,朝大灰奔来,伸手去取它嘴上那束鲜花。

年轻的爸爸本来正在看台上挥手的狗熊和敲爵士鼓

的小白羊,现在视线跟着宝贝女儿移动,当然就看见了小牛犊般的大灰。他的眼睛鼓得就像大泡眼金鱼,嘴张成O型,突然奋不顾身地扑过来,迅速将小女孩抢了回去,紧紧搂在怀里,用颤抖的声音喊道:"快来人哪,大灰狼跑出来啦!"

喧闹的笑声戛然而止,所有的眼光都集中在大灰身上。

雄鹦鹉叫:"狼来了!"雌鹦鹉说:"要当心!"

剧场一片寂静,鹦鹉模仿人发出的叫声格外响亮刺耳。

人们潮水般地向出口处涌去,你争我夺,互相挤撞,小孩哭,大人喊,一片混乱。

大灰感觉到事情不太妙,赶紧将那束鲜花搁在座椅上,转身想溜回后台,但已经迟了,高导演和川妮用百米冲刺的速度跑了过来,迅速在它脖子套上铁链,然后忙不迭地向受了惊吓的观众打躬作揖，赔礼道歉。高导演狠狠地在大灰身上抽了几巴掌，脸色铁青地训斥道："混账东西，都是你惹的祸！"

闹腾了好一阵，风波才算平息了下来。

"随随便便让野兽跑出来，真要伤了人，你们要负法律责任啊。"一位戴眼镜的老先生愤愤地说。

"这么大一只狼，'啊呜'一口就可以咬掉人的手，魂也给它吓出来了呀！"一位珠光宝气的太太，用手绢擦拭着额头上的冷汗，板着面孔数落。

"是是是，我们一定加强管理，请大家放心，今后决不会再发生类似的事情了。"川妮拼命向惊魂甫定的观众赔笑脸。

"爸爸，你不用怕的，它不是坏蛋，它是来送花给我的呀。"小女孩认真地对她的爸爸说。

"傻孩子，你懂什么呀。它是大灰狼，要吃人的。"

那位爸爸说。

从此以后,演出一结束,川妮便会给大灰脖颈戴上皮圈,用一根小手指粗的铁链子将它拴在后台的廊柱上。

白眼大灰狼,只配做失去自由的囚徒。

五

川妮是从大灰异常的嗥叫声中发现问题的。

正常情况下,大灰被从天而降的猎网罩住,由十二只哈巴狗拖拽时,会发出凄凉的嗥叫,好比穷途末路的强盗在仰天长叹。声音应当阴沉绵长,属于绝望的哀鸣一类。

而这一次,大灰在裹成一团的猎网中,拼命蹦跶,发出凶狠恶毒的嗥叫，声音短促而锐利，忽而嘶哑，忽而高亢，就像一个不屈的灵魂在油锅里遭受煎熬，听得人心里发慌，属于那种困兽犹斗的叫声。

当十二只哈巴狗将裹成一团的猎网拖拽到后台，川妮将乱麻似的网解开，立刻就发觉不大对头，大灰双眼布满血丝，白眼大灰狼变成了红眼大灰狼，怒视着哈巴狗们，龇牙咧嘴地咆哮着，大有血腥厮斗的架势。

哈巴狗们都躲到川妮背后来了。

川妮用驯兽棍点着大灰的鼻子，喝令："不许撒野！"

大灰毕竟是训练有素的警犬，不敢违抗主人的命令，立刻规规矩矩地蹲坐在地上，只是胸脯猛烈起伏，扫帚似的大尾巴不停地颤抖，充满杀机的眼睛死死盯着哈巴狗们，喉咙深处传出"咕噜咕噜"的恶毒的诅咒声，还不时响起一两声委屈的嚎叫。

气难平，仇难报，恨难解，冤难消。

大灰反常的举动自然引起了川妮的注意,她绕着大灰转了一圈仔细检查。哦,它臀部的毛特别凌乱,颜色也变了,有一坨浅灰色的毛变成了紫酱色。她用手摸了摸,湿漉漉的,手伸到灯光下一看,三个指头上涂着殷红的血丝。

原来如此,大灰受了伤,毫无疑问,是被哈巴狗们咬伤的。

伤口不长,就半寸左右,咬得也不算深,皮肉开裂,渗出些许血水而已,伤口四周还有几个深浅不一的牙齿印。

川妮认为,这也许是一个偶然发生的事故,一群哈巴狗你争我夺用嘴叼着裹成一团的猎网,拖拽时某只哈巴狗咬歪或咬错,咬到大灰身上来了。

"哦,好了,它们是不小心咬着你的,别这么穷凶极恶。来,我给你涂点儿药。"川妮将一瓶专治跌打损伤的云南白药撒在大灰的伤口上。

大灰这才渐渐安静下来。

没想到的是,大灰臀部的伤口还没痊愈,第四天,同样的事又发生了。这一次是咬在背上,被咬掉了指甲大的一块皮毛,疼得大灰"嗞嗞"倒抽冷气。

过了数日,大灰身上又平白无故添了新伤痕。

川妮终于明白,这不是什么意外事故,而是哈巴狗存心在恶作剧。她虽然不喜欢大灰,但也不能听任哈巴狗胡作非为。不管怎么说,打冷拳,放冷枪,暗地里下口,总不是一件光明正大的事,她有责任制止这种无端的伤害。

她把十二只哈巴狗召集拢来,一个个扳开狗嘴来检查,看看有没有灰色的狼毛和殷红的血丝,想找到肇事者。可是,所有哈巴狗的唇齿间都干干净净,连一点儿蛛丝马迹都找不到。

这些淘气的小精灵，还晓得要掩盖作案的痕迹。

查不到肇事者，当然不能胡乱惩罚，不疼不痒训斥几句就算完结。

这事让高导演知道了，大发脾气，把川妮叫到办公室狠狠骂了一顿："你是不是故意要拆马戏团的台？这样下去，要是大灰被咬坏了怎么办？还要不要演《智斗大灰狼》了？"

"它身体挺棒的，敷点儿药，两三天就没事了。"

"胡闹！经常遭哈巴狗暗算，它要是罢演怎么办？换了你，配戏的搭档隔三岔五给你使坏，你还愿意与他同台演出吗？"

"……"

"你必须对哈巴狗重重惩罚，杜绝这样的事再次发生。"

"我查不出究竟是谁咬了大灰。债无头冤无主，怎么惩罚呀?"

"那就把所有的哈巴狗都揍一顿。每只狗三棍子,外加两个大嘴巴。看它们还敢不敢在舞台上捣乱破坏!"

在马戏团,对待动物演员,除了食物引诱和爱的教育外,还设有体罚制度。玉不琢不成器,动物演员不挨棍棒难以成为好演员。恩威并重,才能有效改造生命的灵魂。

川妮再次把全体哈巴狗集合起来,围成个圆圈,手中的驯兽棍指着大灰后腿上新添的月牙形伤口,然后又将冰凉的金属驯兽棍点在哈巴狗的鼻子上,态度颇为严厉地吼了几声。

哈巴狗都是些绝顶聪明的家伙,一看川妮这套身体语言,立刻明白是怎么回事,一个个缩头缩脑,耷拉着耳朵,跪卧在地上,嘴里"呦呦呜呜"地发出悲伤的叫声,显得很无辜的样子。

川妮揪住杰克，使劲将狗头摁到大灰被咬伤的腿部，再一次让它明白是什么原因要对它实施体罚，然后气势汹汹地抡起了驯兽棍。

杰克害怕得浑身发抖，狗眼亮晶晶的，像蒙着一层泪水，仿佛遭受了天大的冤枉，却丝毫也没有责怪主人的意思，而是伸出柔润的舌头，深情舔着川妮那只揪住它颈皮的手，像弱小的生命在乞求饶恕。

川妮忍不住就心软了，这般华丽的狗毛，这般细嫩的皮肉，这般娇弱的身体，怎经得起金属驯兽棍重重的打击，打坏了怎么办？它们是她的宠物，给她带来欢笑，给她带来温暖，她打心眼里就舍不得打它们。

再说，没有任何证据能证明杰克就是暗地作祟咬伤大灰的凶手，冤枉一只不会说话的可爱的小狗，造成"黑猫偷鱼白猫挨打"的冤假错案，又怎能让她心安呢？

她不但心软了,手也软了,驯兽棍软绵绵落下来,拍灰似的拍在杰克盖满长毛的屁股上,又雷声大雨点小地掴了它一个嘴巴,动作轻柔得就像在给它洗脸。

十二只哈巴狗,依次来一遍,便算惩罚完毕。

没有血与泪的教训,哪有刻骨铭心的牢记?

因此,仍然不时发生大灰被哈巴狗偷偷咬伤的事件。

不多久,大灰脊背、腰际、臀部和大腿上,旧创未愈又添新伤,伤连伤,创叠创,疤套疤,用遍体鳞伤来形容一点儿也不过分了。

幸亏大灰是身体素质极佳的良种警犬,就像抗击打能力极强的拳击选手,虽屡屡受到攻击和创伤,却始终未能被打垮。

川妮最担心大灰会罢演,就像人类演员会闹情绪一样,动物演员也会闹情绪,音乐响起后赖在后台不肯上

场,或者上了场后不按规定的程序去演,都会造成不良影响。

她注意观察,当演到十二只哈巴狗叠罗汉,去咬吊在树枝上的圆环,猎网即将从天而降时,大灰浑身抖颤,眼光惊悸不安,那根蓬松的尾巴像木棍一样僵硬地竖在空中。

很明显,它知道接下来会发生的事:猎网无情地罩住它的身体,哈巴狗们一拥而上,混乱中某一只或某几只狠毒的狗嘴咬得它皮开肉绽。

让川妮颇感意外的是,大灰从未企图跳闪或逃离。它总是用哀戚的神态,殉难者般肃穆的表情,等待着厄运的降临。遭到的暗算再多,身上的伤情再严重,它也丝毫没表现出消极怠工的倾向,仍按照剧情要求,认认真真演戏,一丝不苟地完成规定动作。

也许,狼这种动物天生就是贱骨头和硬骨头,对痛苦和委屈不那么敏感,对伤痛的忍受能力特别强。

既然不影响演出,那就没必要再继续追究是谁搞恶作剧咬伤大灰的。

大灰是条接受过严格训练的警犬,恪守的信条是:以服从命令为天职,视荣誉为第一生命,只要主人一声令下,即使是赴汤蹈火,也会毫不犹豫地奋勇向前。

六

大灰与哈巴狗之间,差点儿酿成流血惨案,起因是为了一根肉骨头。

这天早晨,管理员老费将一根棒子骨扔进低矮潮湿的铁笼子,算是给大灰当早餐了。有人喊老费去开会,临行时,老费将一只皮球扔进狗棚,让哈巴狗们玩。

哈巴狗们天天玩皮球,早就玩腻了。

名叫杰克的哈巴狗无精打采地将滚到面前的皮球扑踢开,然后无聊地踱到关着大灰的铁笼子前,朝里窥探。大灰正趴在铁门后面,埋头啃着那根棒子骨。棒子骨就是猪的大腿骨,上面没有多少肉,必须仔细剔削啃挖,它嚼着骨头,发出"咔嚓咔嚓"的响声。

杰克看得心痒眼馋,口涎滴答。

其实它才吃完早餐,肚子并不饿。哈巴狗吃的是精美的罐头食品,营养和味道比棒子骨强多了,可它仍迫切想得到大灰正在啃食的棒子骨。

就像富人吃腻了山珍海味、鸡鸭鱼肉,想吃窝窝头换换口味一样,哈巴狗杰克吃腻了罐头狗食,也想换换口味,啃啃这根棒子骨。

小孩子都是隔锅香,总觉得别家的饭比自家的好吃。狗也有这个毛病,总觉得别的狗正在啃食的东西是天底下最鲜美的食物。

就像男孩喜欢玩枪女孩喜欢玩布娃娃一样，凡犬科动物，都爱玩追逐争抢棒子骨的游戏。

强烈的占有欲，也是促使杰克偷窃棒子骨的原因。

哈巴狗虽然身材娇小，脑容量却不比普通犬类小，反应灵敏，极善模仿。管理员老费一天数次开启铁笼子的门，杰克对开门的动作早已熟记于心。铁笼子的门是朝里开的，没有挂锁，只插着一根活动门闩，只要把门闩抬高，小铁门就会自动打开。

杰克踮起后肢，将两只前爪搭在门框上，用嘴咬住门闩用力一拔，"哐啷"一声，小铁门开启了。朝里摆动的铁门磕碰在大灰身上，大灰毫无心理准备，惊跳起来，本能地往后躲闪，"嗖"地窜到角落去了。

棒子骨遗落在门口，杰克一口叼起，在狗棚里得意地来回奔跑。

其他哈巴狗也正闲得无聊，立刻围了过来，你吠我叫，玩起了抢肉骨头的游戏。

大灰很快从惊吓中回过神来，站立在铁门口，脑袋伸出门外，冲着哈巴狗猛烈咆哮，那是最严厉的警告：把棒子骨还给我，不然我就不客气了！

哈巴狗们对大灰的警告置若罔闻。它们受主人宠爱，生活待遇比大灰优越，在舞台上扮演的又是智斗大灰狼的英雄形象，自我感觉比大灰尊贵得多，所以根本不把大灰放在眼里。

狗抢肉骨头，而且还是从高大健壮的狼狗嘴里抢来的肉骨头，比玩电子兔和塑料骨头有意思多了。哈巴狗们欢天喜地，就像在庆祝盛大的节日。

大灰举起一只前爪，往前伸了伸，真想跨出铁门，夺回被抢去的肉骨头。它是条身强力壮的猛犬，血气方刚的狼种，被一群玩具般的哈巴狗抢走口中美餐，怎咽得下这种窝囊气?它的爪掌落在铁门外的水泥地上,又像踩到火炭一样迅速收了回来。

主人有过明确指令,不准它随意跨出铁笼子。它是警犬,令行禁止就是它生命的戒律。尽管主人不在身边,它也不能违抗主人的意志。

它的前爪跨出去又缩回来,不甘凌辱的天性和警犬的天职在激烈斗争着。

杰克叼着棒子骨,沿着墙根快速奔跑,以躲避其他哈巴狗的追抢。路过铁笼子时,它嘲弄的眼光投向大灰,嘴角发出挑衅的"呜呜"声,似乎在说:"我抢走了你的口中餐,你又能把我怎么样?谅你也没胆量跨出铁笼子来!"

大灰发出悲愤的吼叫,怒火在心头熊熊燃烧。

杰克似乎觉得这般奚落挖苦还不过瘾,竟然撅起臀部,转身用力摇着尾巴,"啪"的一声,用尾梢捆了大灰

一个耳光。

犬科动物的形体语言中,夹紧尾巴表示服输,翘起尾巴表示傲慢,用尾巴抽打对方的脸,是很严重的侮辱和挑衅行为。

客观地说,哈巴狗体小力弱,尾梢掴耳光犹如毛刷掸灰尘,皮肉不会有任何疼痛的感觉。但尊严遭到践踏,心灵的伤害是巨大的。

忍耐是有限度的,大灰再也控制不住自己了,它是有尊严有品格的警犬,它不是可以随便欺负的癞皮狗、丧家犬!

它忽地窜出铁笼子,狂怒地嗥叫着扑向哈巴狗。

哈巴狗们没料到大灰真敢违抗主人的指令冲出铁笼子来,狗心大乱,惊慌地四散奔逃。

大灰没费多少力气就夺回了本属于它的棒子骨。

夺回了棒子骨也就是夺回了尊严,夺回了荣誉。

大灰用爪子按住肉骨头，犀利的目光望着退缩到墙角的哈巴狗，发出一串嘹亮的吠叫，然后叼起肉骨头准备重新钻回铁笼子去。

它是一条有理智的警犬，虽然它憎恨哈巴狗的无赖嘴脸，可它晓得，女主人川妮非常宠爱这些会撒娇卖乖的家伙，它不想惹主人生气，更不愿让主人对自己产生敌意。

夺回了肉骨头也就算了，它不想扩大和激化矛盾。

看在主人的面子上，它愿意大事化小，小事化了。

它是警犬，必须按照主人的指令行事，必须学会克制和忍耐。

大灰的前腿跨进铁笼子，哈巴狗们闷声不响地窜了上来，一顿胡撕乱咬。

它们把忍耐看作退缩，把克制看成懦弱可欺。它们狗多势众，在数量上占有压倒优势，所以很猖狂。

大灰上半身已经钻进铁笼子,腰部卡在狭窄的铁门间,后半身受到攻击,它本能地扭头来迎战,"咚"的一声脑袋撞在铁门框上,撞得眼冒金星。

免费看大灰狼出洋相,哈巴狗们高兴得忘乎所以。

大灰好不容易从铁门退了出来,耳根磕出了血,颈毛也扯掉了一片,模样很狼狈,眼睛喷着火星,喉咙深处发出低沉的吼叫。

哈巴狗们并没有知趣地退却,它们早就知道,不管与这条灰毛大狼狗发生什么争执,川妮都是永远站在它们这一边的,有主人替它们撑腰,它们当然有恃无恐。

大灰蓄势待发,哈巴狗们也气势汹汹,嚎叫和吠声响成一片。

一只年轻哈巴狗溜到大灰背后,企图偷袭,大灰倏地急转腰身,一口咬住这家伙长长的狗毛,那年轻的哈巴狗竭力挣扎,"噗"的一声,活生生被拔下一撮狗毛来。

它"嗷嗷"地呜咽着,逃到食盆后面躲了起来。

一只蓝眼睛哈巴狗从侧面扑蹿上来,大灰勾紧脑袋迎头撞上去,"咚"的一声,狼头与狗头猛烈碰撞,蓝眼睛哈巴狗被撞得眼冒金星,像扭秧歌似的歪歪斜斜地逃到房柱背后去了。

这个时候,哈巴狗们如果一哄而散,或者用圆润的嗓音发出求饶的吠叫,或者将尾巴夹在胯间做出屈服的姿势,大灰也许会抑住怒火停止攻击。不管怎么说,大家都是阳光大马戏团的动物演员,低头不见抬头见,没必要闹得太僵。

哈巴狗们并没有做出明智的乞降动作,它们在舞台上一次又一次把大灰打得落花流水,这已形成思维定式,它们很有信心把大灰斗败。

舞台小世界,世界大舞台。

杰克和另一只红鼻子哈巴狗从左右两面包抄过来，其他哈巴狗则从正面一拥而上，企图重演舞台上的情景，用群体的优势制服大灰。

舞台上大灰被困在猎网里时，隔三岔五被暗算咬伤，虽然因为后台灯光昏暗且一片混乱，它始终未能看清究竟是谁在咬它，但凶手就在这群哈巴狗里头，这是确凿无疑的。

新仇旧恨，一齐涌上心头。

大灰只觉得一股热血冲上脑门，狗眼红得像玛瑙，一瞬间忘却了警犬的禁忌，长时间所受的委屈、苦痛和磨难，如火山一般爆发出来，它脑子里只有一个念头：复仇。

大灰狂嚎一声，两只前爪扑到红鼻子哈巴狗身上，狠狠撕扯。它身上有狼的基因，爪子较普通狗尖利得多，"嗞"的一声，红鼻子哈巴狗背脊上被划出三道长长的血痕，就像缠着三条红丝线。

红鼻子哈巴狗喊爹哭娘，疼得在地上打滚。

这时，杰克已跃到大灰身上，张嘴欲咬那根蓬松如扫帚的狼尾巴。

大灰急遽转身，凌厉扑击，把杰克压翻在地，一口咬住杰克的大腿。狼牙如利刃，杰克的大腿顿时皮开肉绽。

牛犊似的大狼狗对付玩具似的哈巴狗，那还不是小菜一碟。

杰克发出凄厉的惨叫，就像被狗贩子牵进了屠宰场。

其他哈巴狗吓得魂飞魄散，四散逃往墙角和墙根，声嘶力竭地吠叫着。

大灰舌头尝到了咸津津的狗血，蛰伏的野性被唤醒了，它变成了狂热而残忍的复仇者。它锐利的狼牙深深刺进杰克腿部的肌肉，狼牙如锯齿，"咔嚓咔嚓"切割着杰克的大腿骨。

就在这时,兽舍大门"砰"地被推开了,川妮以百米冲刺的速度跑了进来。

她刚巧路过此地,被哈巴狗们悲惨的叫声引了进来。

她气得脸色铁青,也不知哪里来的勇气,飞起一脚踢在大灰脖子上,厉声喝道:"住口,你这条疯狼,你在干什么呀!"

这一脚把大灰踢醒了,立刻松开嘴巴,从杰克身上跳下来,规规矩矩地蹲在旁边。它是警犬,无论何时何地,都必须严格地按主人的指令行事。

杰克拖着受伤的腿,爬到川妮跟前哀嚎不止。蓝眼睛、红鼻子和其他哈巴狗也都围在川妮身边,"呦呦呜呜"地哭诉大灰的罪行。

川妮举起驯兽棍,指着大灰的脑门咬牙切齿地咒骂:"你这条恶狼,你这个混蛋,滚,滚回你的铁笼子去!"

大灰拖着尾巴,神情沮丧地钻回铁笼子。

川妮把杰克送到宠物医院，还算好，她最喜欢的哈巴狗杰克没伤着骨头，只是被咬开一条两寸长的伤口，缝了七针。红鼻子也伤得不轻，被抓破了狗皮，红肿发炎，伤口四周脱落了许多狗毛，难看得就像患了牛皮癣。

这场狗咬狗打架，使得杰克和红鼻子整整一个月不能上台演出。

川妮找到高导演，强烈要求拔掉大灰的犬牙，剪掉大灰的指爪。

在马戏团，对付性格暴躁桀骜不驯的猛兽演员，有时会施行外科手术将其尖爪利牙除掉，防止它们撕咬驯兽员或伤害其他动物演员。

高导演连连摇头："不行，拔掉了它的犬牙，它就不是凶恶残暴的大灰狼，舞台形象受到损害，还要不要演《智斗大灰狼》节目了？"

"这副狼牙太厉害了,轻轻一口就差点儿咬断杰克的腿。别说这些哈巴狗,我看着也心里发怵。我不可能分分秒秒待在狗棚监视这只恶狼,万一它再撒野,会把这些哈巴狗统统咬死的。在狼牙狼爪面前,我觉得我自己的生命都没有保障。"川妮据理力争。

"想想其他办法吧,反正不能拔它的牙。"高导演说,"狼的威风就在上下颚的四枚尖牙上,拔了牙就不是狼了,比狗还不如,窝窝囊囊的样子,谁还稀罕来看它表演呀。"

"在你眼里,是不是我的命还不如一只恶狼重要呀!"

"别夸大事实,大灰咬过你吗?"

"难道你要等狼牙咬穿我的喉咙,你才相信这是一只吃人不吐骨头的恶狼?"

"……"

争吵的结果,川妮和高导演各自退让了半步,达成一个妥协意见：修剪大灰的指爪，保留狼牙，但除了演出和进食外，其余时间戴上嘴罩。

狼爪藏在足掌下，不引人注目，修剪掉丝毫不会减弱大灰狰狞恐怖的反面形象。

嘴罩是马戏团特有的用具，类似于马嚼子，也有点儿像空心口罩，用坚韧的牛皮条制作，套在野兽嘴巴上，不影响呼吸，却无法再张嘴啃咬。

戴嘴罩当然比拔牙要仁慈多了。

川妮特意请了一位修脚师傅，把大灰锐利弯曲如鱼钩的指爪剪平了，还用锉刀将棱角磨光。

看你还怎么撒野，看你还怎么撕咬可爱的哈巴狗！

七

一辆卡车沿着盘山公路行驶。货厢前半截装的是演出的道具,后半截装的是大小几只兽笼。川妮坐在驾驶室里。

应西双版纳州政府邀请,阳光大马戏团派出《智斗大灰狼》节目组,前往西双版纳首府允景洪参加傣族泼水节演出,圆满完成任务后,驱车返回昆明。

横断山脉重峦叠嶂,公路像条白色蟒蛇,在翠绿的山腰蜿蜒盘旋。

翌日下午四时,卡车穿过澜沧江大桥,进入草深林密的河谷地带,发动机突然熄火了。司机打开车盖检查,发现是活塞喷油嘴坏了。故障不大,却没带备用零件。司机在这条路上跑过,说前方六公里处有个小镇,有汽车修理铺,可以买到喷油嘴。

"我快去快回,最多两个小时,天黑前准能赶回来。你一个人在这里不会害怕吧?"司机系紧鞋带,问川妮。

说实话,川妮心里忐忑不安。荒山野岭,前不着村,后不挨店,一个女人当然会感到害怕。可必须有人去买零件,也必须有人守在卡车旁,她别无选择。卡车跑长途,出点儿故障是免不了的,也不好埋怨司机。她硬着头皮说:"坐了一天车,腰酸背疼,我正想躺在草地上歇歇呢。哦,你帮我把几只兽笼卸下来,也该给它们喂食饮水了。"

司机帮忙把兽笼卸下车,拖到公路边约两百米远的小树林里。川妮打开兽笼,将鹦鹉架挂在树梢,将小白羊放牧在茂盛的青草地。十二只哈巴狗和狗熊,是从小就生活在阳光大马戏团的老演员,不会开小差溜逃,就让它们在小树林里自由活动;而大灰,则是重点监控对象,被细铁链拴住脖子,铁链的另一头固定在树干上。

"有它们陪伴我,你就放心去吧。"川妮说。

司机笑呵呵说:"你有一大堆警卫,绝对安全。"

司机走后,川妮取出携带的食物,依次给这群动物演员投喂。随后又用帆布水桶从澜沧江里取水给它们饮用。她没有忘记,当大灰进食进水后,便将嘴罩重新套在它尖尖的嘴巴上。

夕阳斜照,给小树林涂抹一层橘黄色的光斑。四周望不见人影,空谷鸟鸣,显得格外幽静。两只金刚鹦鹉在架子上互相梳理羽毛。狗熊在一丛凤尾竹下饶有兴味地用强有力的熊掌挖掘着一支刚刚出土的竹笋。哈巴狗们在草丛里发现一只绿毛龟,兴奋地追逐嬉弄。大灰在细铁链允许的范围内来回奔跑,享受着有限的空间和自由。

川妮手枕着脑袋仰躺在小白羊身边。小白羊性格娴静,正优雅地啃食着青草。草地厚密柔软,被太阳晒得暖融融的,散发出淡淡的馨香,比躺在席梦思床上舒服多了。在卡车上颠簸了一天，挺累人的，躺在山清水秀的大自然的怀抱，倦意袭来，她迷迷糊糊地打起了瞌睡。

突然，她听到"呜噜呜噜"的吵闹声，声音很刺耳，搅了她的清梦。她睁眼循声望去，发出这噪声的是大灰。这家伙瞪起一双白眼，望着山谷深处的一片灌丛，身体一冲一冲地做出扑跃的姿态。

她朝灌木丛望去，翠绿的枝叶在微风中有节奏地摇曳，一只鹭鸶在灌丛上空悠闲地盘旋，没什么值得大惊小怪的异常动静。

"别闹，太烦人了！"川妮皱着眉头呵斥。

奇怪的是，平时对她指令绝对服从的大灰，此时此刻却像森林里被刚刚捉住的野狼一样，蛮横而又粗暴，变本加厉地疯狂扑蹿，把细铁链拉扯得"哗啦啦"响，嘴角发出断断续续、如婴孩啼哭般的声音。

她去看狗熊和哈巴狗，狗熊仍在专心致志地挖掘

竹笋，哈巴狗们仍在翻转拨弄那只四肢和脑袋已缩进龟壳去的绿毛龟，两只金刚鹦鹉仍在用大嘴互相梳理着羽毛。

她不再理会大灰的反常举动，假如真有异常动静的话，狗熊、哈巴狗和金刚鹦鹉应该也会及时发出报警信号的。

兴许，这条大灰狼想挣脱细铁链的束缚，回归山林，不不，是叛离人类吧？她对狼有很深的偏见，习惯往坏的方面去想。

幸亏嘴罩套住它的嘴，仅能启开一条缝，发音受到限制，不然的话，肯定是一长串令人毛骨悚然的狼嚎。

她重新躺下，闭起眼睛继续瞌睡，约十几分钟后，突然，头顶上的鹦鹉发出尖锐的叫声："有情况，请注意！""猫来了，要当心！"

她赶紧坐起来,不好了,灌丛里一前一后窜出两只云豹,正飞快地朝她和小白羊扑来。云豹属于猫科动物,外形很像大猫,鹦鹉误把云豹当作大猫了。

她的心陡地悬吊起来,身体控制不住地颤抖。

她在大学里学的是动物学,了解云豹的习性。云豹又名乌云豹、龟壳豹、龟纹豹、荷叶豹,虽然身体仅有刚出生的黄牛犊那般大,属于最小型的豹类,却身手矫健,生性凶猛,能突然从茂密的树冠间扑下来,将路过树下的黄牛咬死,它是亚热带丛林著名的杀手。

迎面扑来的这两只云豹,一大一小,黄褐色的云斑豹皮一浓一淡。云豹雌雄体型差异很大,雌兽比雄兽要小得多,雌兽皮毛的色泽也要比雄兽淡雅一些。云豹实行一夫一妻制婚姻形态,雌雄相伴,共同养育后代。不难判断,这是一对携手捕猎的云豹夫妻。

无论是冲在前面的雄云豹还是跟在后面的雌云豹,

肚皮都是空瘪瘪的,眼睛里闪烁着饥饿贪婪的绿光。毫无疑问,它们是在饥饿的催逼下才铤而走险的。

云豹的冲击速度很快,转眼间便跃过河滩那片茅草地,冲进小树林来了。川妮本能地想跑,腿却软得像是用棉花搓成的,才走了两步,便让草茎绊了一跤,跌坐在地上。

这时候,哈巴狗们也已觉察到异常动静,紧张地吠叫着,扔下那只缩头绿毛乌龟,朝川妮身边拥过来。川妮急切地大叫:

"杰克,红鼻子,蓝眼睛,快,堵住这两只云豹!"

她想,十二只哈巴狗,也算得上是一个小型狗军团,虽说未必能将两只云豹擒住或咬杀,但遏止它们的进攻应该是没问题的,只要哈巴狗们能纠缠住云豹五六分钟,她就可以跑到公路上去,钻进卡车的驾驶室,那就安全了。

开始时,哈巴狗们还表现得挺勇敢,吠叫着如潮水一般向两只云豹拥过去。雌雄云豹突然双双纵身跳跃,蹿上一棵麻栗树,"嗖嗖嗖",一眨眼便爬到离地约三四米高的树腰上。

云豹是亚热带丛林著名的爬树高手,能捕杀栖息在树上的大青猴。

哈巴狗们以为云豹是胆小鬼,吓得上树逃跑了,兴奋地拥到树底下,抬头仰望树干,猖猖狂吠,就像胜利者在通缉逃犯。

接下来发生的情景,却让川妮失望透了。两只云豹在树腰处突然甩动长长的尾巴,迅速掉转头来,四肢一蹬,从三四米高的树干扑了下来。

这是云豹克敌制胜的绝招,也称得上是杀手锏,它们常常用这种办法把比自己身体大得多的猎物置于死地。

哈巴狗们想扭身躲避,已经来不及了,雄云豹整个

身体压住杰克,雌云豹两只犀利的爪子按住了红鼻子的屁股。

两只云豹野蛮撕咬,杰克和红鼻子惨烈哀嚎。

杰克和红鼻子好不容易从云豹爪牙下挣脱出来,杰克的颈皮被咬掉了一大块,血流如注,红鼻子的屁股被撕烂了,下半身都是污血。它们失去搏杀的勇气,失魂落魄,拔腿就逃。

恐惧是会传染的,刹那间,刚才还气势汹汹的哈巴狗们,一只只变得像断了脊梁的癞皮狗,夹紧尾巴,四散奔逃,很快就隐匿在树丛里不见了。

川妮还没有跑出小树林呢,离公路起码还有一百米。两只云豹没有去追赶溃逃的哈巴狗,而是飞快朝她扑了过去。

巧的是,她刚好逃到狗熊身边。出于强烈的求生欲望,她不假思索地绕到狗熊背后,拍着狗熊的肩膀气喘吁吁地叫道:"快,用你的熊爪,把该死的云豹撵走!"

狗熊早已停止挖掘竹笋,傻乎乎站在那里,看两只云豹把一群哈巴狗打得屁滚尿流,被川妮一吆喝,惊醒过来,像人一样直立起来,挥舞着两只毛茸茸的熊掌,迎战云豹夫妻。

两只云豹加起来,也没有狗熊重,可它们在"噭噭"吼叫的狗熊面前并没退缩,雄云豹在正面腾跳扑跃,吸引狗熊的视线,雌云豹则绕到狗熊背后,冷不防在狗熊腰部咬了一口。

狗熊怒吼着转身来找雌云豹算账。熊腰粗壮,扭动起来稍有点儿笨拙。还没等狗熊回过身来,体态轻盈的雌云豹早就一抡豹尾敏捷地跳到圈外去了。

机灵的雄云豹抓住这个机会,又跃到狗熊背上,狠狠撕扯了一把。

狗熊腹背受敌,顾了前面顾不了后面,仅仅三个回

合,便虚晃两下熊掌,撒腿跑出了格斗圈。

客观地说,狗熊身强力壮,皮糙肉厚,被云豹咬几口抓几把,绝不会伤筋动骨危及生命,甚至熊皮也不大可能被咬破撕裂,最多留下几条抓痕留下几个齿洞而已。

可是,狗熊的战斗意志已经崩溃了。它奔到凤尾竹下,狠劲将一棵棵竹子扳弯扯断,冲着云豹夫妻"嗷嗷"地吼叫,似乎在说:有种你们就过来和我比试比试,看谁的力气更大!

愚蠢的恫吓,空洞的威胁,无用的挑衅。

川妮哭笑不得,却也无可奈何。

云豹夫妻用鄙夷的目光扫了狗熊一眼,色彩斑斓的豹脸上露出一丝讥诮的表情,不再理睬这个四肢发达、头脑简单的家伙,继续朝川妮蹿扑过来。

这时候,川妮已经快逃到公路边了,云豹夫妻飞快地斜窜过来，挡住了她的退路，迫使她不得不掉转头又逃回小树林来。

八

她奔逃的路线，刚巧经过大灰身旁。大灰脖子上拴着细铁链，在那棵小树下心急如焚地转着圈，被嘴罩套住的狼嘴发出"呜呜"的嚎叫。

看来，刚才大灰之所以又叫又跳发出响动，是在向她报警。狼的嗅觉和听觉特别灵敏，大灰肯定早就闻到了云豹的气味，它听见灌木丛里细微而异常的响声，晓得危险的食肉兽正躲在暗处窥探，提醒她要提高警惕并及时采取应对措施。

假如当时她信任大灰的话，是有足够的时间带着这

群动物演员安全撤回到卡车上去的。她把好心当成了驴肝肺,竟然怀疑大灰是想挣脱锁链逃亡山林当野狼。她冤枉了大灰,也痛失了躲避险情的良机。现在,后悔也晚了。

一眨眼的工夫,雄云豹已冲到她面前,两只残忍的豹眼盯着她身边的小白羊,龇牙咧嘴地发出凶猛的吼叫。

自始至终,那只小白羊都贴在她身边跟着她一起奔逃。

雌云豹也从侧面跳到她和小白羊跟前,贪婪的目光直射细嫩的羊脖子,血红的舌头"沙沙"地舔着尖利的牙齿,就像屠夫在霍霍地磨刀。

川妮突然意识到,这对云豹夫妻其实对羊肉更感兴趣,它们的主要攻击目标是小白羊。教科书上也说过,云豹不到万不得已是不会袭击人的。云豹之所以紧盯着她不放,主要是因为小白羊跟在她身边。

假如能让小白羊从她身边跑开,也就能把云豹夫妻吸引走了。

作为马戏团的驯兽员,她当然有责任保护和照顾这些动物演员,可生死攸关的危急关头,她已顾不了这么多了。不管怎么说,人的生命总要比小白羊的生命珍贵。

她使劲推搡小白羊,厉声呵斥:"去,离我远一点儿!"

小白羊仍黏在她的身边舍不得离去。

"走开,走开!"她咬咬牙踹了小白羊一脚。

小白羊被踹倒在地,抬起秀气的羊眼惊愕地望着她,突然又蹦跳起来,一头拱进她的怀里,发出"咩咩"的可怜兮兮的哀叫。

对小白羊来说,自小生活在马戏团里,比牧民饲养的羊更软弱无能,因此也就更依恋人类。大祸临头,它

当然要寸步不离地紧贴在主人身边，寻求庇护。

川妮又推了几次，徒劳的努力，怎么也无法把小白羊从自己身边推开。

雄云豹弓起背，这是猫科动物准备扑咬的前奏。雌云豹吹胡子瞪眼，也摆开厮杀的架势。她和小白羊粘在一块，毫无疑问将与小白羊共同遭受云豹夫妻凌厉而残酷的攻击。

大灰就拴在三四米外那棵结实的小树下，挣扎得更猛烈，发出的"呜呜"声也更急促。

这时，川妮的脑子里才闪出这样的念头：解开大灰脖子上的细铁链，让它来对付穷凶极恶的云豹夫妻！

她朝大灰靠拢，可已经来不及了，雄云豹已扑到羊背上撒野，小白羊惨咩一声钻到她胯下来避难，雌云豹照着她的脸蹿扑上来，她本能地举起胳膊抵挡，豹嘴咬在她手臂上，幸亏是冬天，衣裳穿得厚，"呲"的一声，袖子被撕破一个大口子。

云豹力气很大，她站立不稳，被拽倒在地。

就在跌倒的瞬间，她撕心裂肺地喊了一声："大灰！"

事后回想，她当时发出喊叫，完全是一种下意识行为。就像在水里快要溺毙的人，不顾一切去抓救命稻草一样。她其实并没指望大灰真的能救她，她心里明白，大灰脖子上拴着细铁链，就像囚犯戴上了脚镣手铐，是无法跑过来同云豹夫妻搏杀的。

可奇迹发生了，她喊叫声刚落，大灰退后几步，突然狠命朝前冲去。细铁链勒得它双眼暴突，颈毛纷飞，颈皮开裂，活像从地狱里钻出来的疯狼。它憋足劲儿往前蹦跶。"嘣"的一声，细铁链崩断了。

云豹夫妻满脸惊诧，川妮也看得目瞪口呆。

大灰脖子拖着半截细铁链，像一股灰色的狂飙，毫不犹豫地扑向云豹夫妻。

大灰个头比云豹高大威猛,不愧是训练有素的警犬,奔跑如疾风劲吹,扑击如电闪雷鸣,一下就把雄云豹扑翻在地,两只狼爪抠向豹腹,尖尖的狼嘴直刺豹颈。

这个扑击动作完成得非常漂亮,力度、角度和落点都恰到好处。假如大灰没有被修剪过指爪,假如它的嘴没有被嘴罩套住,雄云豹就算不被一口咬死,也起码被撕咬得皮开肉绽,威风顿失了。

大灰爪子抠住豹腹,便感觉不大对劲,云豹变得像滑溜溜的鱼,怎么抓也抓不牢,嘴巴刺入豹颈张口欲咬,却怎么也无法把嘴张开。哦,它的爪子被修剪磨平了,它的嘴还套着嘴罩,既无法撕也无法咬。

雄云豹挣扎活动,很容易就从大灰爪牙下脱逃出来。

大灰举起一只前爪拼命抠抓嘴巴上的嘴罩,无论是狗还是狼,它身上仅有两种克敌制胜的武器,尖利的牙和锐利的爪,爪子被修剪钝化,嘴巴封闭套牢,两种武器全部失效,它用什么来对付这对张牙舞爪的云豹夫妻啊?

马戏团专用嘴罩设计得很巧妙,从嘴巴连接到脖颈,搭扣系在后脑勺,类似飞机上的保险带,任你是狗熊、鳄鱼还是狼,仅凭动物自己的能耐休想把嘴罩脱下来。

大灰痛苦地"呜呜"直叫,扭头将求助的眼光投向身后的川妮。

每次进食或饮水,川妮在它后脑勺轻轻一拨弄,嘴罩就会自动解开。

川妮明白大灰的心思,刚要过去帮它解开嘴罩,云豹夫妻已从左右两个角度朝大灰发起攻击。狼与豹扭滚在一起,尘土飞扬,令人眼花缭乱。川妮吓得赶紧后退,她没有本事也没有胆量在猛兽打斗的混乱中前去解

开大灰的嘴罩。

虽然是二对一,大灰在数量上处于劣势,但它勇猛善战,屡屡将云豹夫妻压倒在地。可是,它无法啃咬和撕抓,形不成杀伤力。云豹夫妻虽然在气势和格斗技巧上略有逊色,但豹牙和豹爪犀利无比,只要落到大灰身上,立刻就血花四溅。

几个回合下来,大灰腹部、颈侧和背上横七竖八地布满血痕,耳朵也被咬掉了半只,鲜血像一根根红丝线挂在脸上。云豹夫妻身上无一伤痕,只是沾满草屑泥尘而已。

云豹夫妻大概有点儿累了,倏地跳出格斗圈,舌头拖出嘴外喘着粗气,它们抖掉身上的草屑泥尘,"呦嗷——呦嗷——",朝大灰发出威胁的吼叫,仿佛在说:"你是一只爪子失灵嘴巴也张不开的怪狼,根本不是我们的对手,走开吧,我们放你一条生路。"

云豹夫妻本来是一左一右形成夹攻态势，雄云豹突然间从左侧跑到右侧来，与雌云豹并排站在一起，用意很明显，网开一面，让大灰有机会逃入茂密的灌丛去。

云豹夫妻想要得到的，是美味可口的小白羊，或许还有比小白羊更细皮嫩肉的川妮，它们对狼不感兴趣，也不愿耗费宝贵的精力与顽强的狼纠缠不休。

假如大灰是只普通猎犬，也许会趁机溜走了。是豢养它的主人修剪它的指爪，给它的嘴套上嘴罩，这等于剥夺了它的战斗权。它已多处负伤，很对得起主人了。并非它缺乏忠诚，在节骨眼上背弃主人。它的一只耳朵已经被云豹咬了下来，再继续撕斗，赢的可能性等于零，生的可能性也很渺茫，何必要白白送死呢？它这个时候离去，应该说是心安理得的事，用不着感到内疚和羞愧。

可大灰毫无退缩之意,用血迹斑斑的躯体护卫着川妮和小白羊。

它是警犬,狗类中的精英,它唯一的信念就是:绝对服从主人的指令,即使粉身碎骨也在所不惜。

云豹夫妻看看劝降无效,恼羞成怒,"呦噘呦噘"地叫着,又扑了上来。

这一次,云豹夫妻改变了策略,不再左右夹击,而是一前一后分两个梯次进攻。雄云豹率先扑到大灰身上,任凭大灰怎么踢蹬,像拥抱情侣一样紧紧抱住大灰不放。雌云豹则寻找大灰的脖子,进行致命的撕咬。

白森森的豹牙逼近大灰柔软的颈窝。

大灰感觉到雌云豹居心叵测的眼光正瞄准自己的颈窝,也看到了杀气腾腾的豹嘴正贴近自己的喉管。

它当然不会束手待毙。它虽然爪不能撕嘴不能咬,但四条狼腿还能踢蹬。它完全有能力化解雌云豹夺命的毒招。

它将左前腿勾紧，脑袋翘挺起来，暗中做好准备。

它要等雌云豹牙齿触碰到它颈窝的一瞬间，左前腿朝雌云豹心窝猛烈踢蹬，与此同时，脑壳也狠狠朝豹脸撞击。踢它个透心凉，撞它个鼻出血。就算无法给雌云豹造成致命伤，至少也能打击这对云豹夫妻的嚣张气焰。

来吧，狼爪硬如棍，狼头坚如铁，你休想占到什么便宜。

雌云豹泛动着寒光的利牙已探进它的颈窝，它蜷缩的左前腿刚要踢蹬出去，突然脑子里闪过一个念头：何不趁这个机会，让雌云豹帮自己脱掉嘴罩呢？雌云豹想要撕咬的颈窝，与它戴在嘴巴上的嘴罩相隔很近，它只要在豹嘴咬合时稍稍偏偏脑袋，就能让雌云豹衔住嘴罩的皮带。豹牙锋利如刀刃，可以割断用牛皮带编织的嘴罩。

这当然要冒很大风险，万一豹牙透过嘴罩直接衔住颈窝的喉管，它今天就死定了。但这是解开嘴罩的唯一机会，它只有张开嘴才能对付云豹夫妻，权衡利弊，这个险还是值得冒的。

大灰不再犹豫，把准备踢蹬出去的左前腿又收缩回来。

雌云豹照准它的脖颈咬下来了，大灰微微拧动脑袋，"咔嚓"一声，豹牙咬住它下颚与颈窝交汇的部位，同时也衔住了嘴罩的皮带。尖利的牙齿戳穿它的皮肉，直往它喉管钻。它忍着巨大的疼痛，拼命用前腿踢蹬雌云豹的心窝，还扭头做反咬状，那是逼迫雌云豹竭尽全力啃咬。

咬啊，用力咬，不然我就要反咬你一口啦！

雌云豹弓背缩颈狠命拧动强有力的颌骨，"噗"的一声，大灰的下颚被撕裂，咸津津的血倒灌进它的嘴里，与此同时,"嘣"的一声,嘴罩的皮带也被咬断了,狼嘴重获自由。

"嗷——",大灰张大嘴巴发出一声响亮的嚎叫,它不再是被动挨打的窝囊废了,它可以对凶恶的云豹发动有效的反击了。

雄云豹正在撕咬它的腹部,它扭头咬住那只肥嘟嘟的豹耳。

你咬烂我一只耳朵,我也咬烂你一只耳朵,这叫来而不往非礼也。

雄云豹猛烈挣扎,丢下半只耳朵,哀嚎着往灌丛窜逃。

大灰转身扑向雌云豹,一阵扭打,咬下半截豹尾,雌云豹也丧魂落魄地逃走了。

大灰乘胜追击,可它脖子上还缠着一大截细铁链,一会儿绕在草茎上,一会儿挂在葛藤间,拉拉扯扯,磕

磕绊绊,根本跑不快。

很快,云豹夫妻隐没在亚热带丛林茂密的植物间,消失得无影无踪了。

大灰满身是血,大灰狼变成了大红狼,它追出几十米远后,再也支撑不住,四肢像是用湿泥巴糊的,踉踉跄跄又朝前迈了几步,"咕咚"栽倒在地。

川妮急急忙忙跑过来,脱下衣裳撕成布条,想给大灰包扎伤口,可她很快就放弃了这种努力,大灰遍体鳞伤,除了耳朵被撕掉半块外,下颚破裂,四条腿有三条皮开肉绽,脊背上的狼毛几乎被拔掉了一半,肚皮也被咬穿一个洞,漏出一截黑乎乎的肠子。

如此伤势,除非像裹粽子一样把它全身都包裹起来,否则是没法包扎的。

她想把缠在大灰脖子上那半截细铁链解下来,可铁链已深深嵌进狼皮里去,被冷却的血凝结在皮肉间,稍用力拉拽，就会撕裂伤口渗出一大片血水，她不得不打消解开铁链的念头。

大灰本来是脑袋枕在地上斜躺着的，见川妮过来，吃力地抬起头，从满嘴血沫间吐出一声叫唤，像是在告诉她："危险已经过去，现在没事了。"

狗熊停止扳凤尾竹，耷拉着脑袋爬过来。哈巴狗们也从不同的旮旯角落走出来，向川妮围了过来。杰克和红鼻子身上挂了彩，"呦啾呦啾"地呜咽着，希望能得到主人的关怀。

川妮不耐烦地挥挥手，很不客气地把它们轰走了。

她坐在大灰身边，不在乎狼血是否会弄脏自己的衣服，把大灰搂进自己的怀抱。她还是头一次这么亲近地拥抱大灰，她的眼角涌出一滴内疚的泪。

两只金刚鹦鹉在树梢惟妙惟肖地学人说话，雄鹦鹉高叫："狼来了！"雌鹦鹉大喊："要当心！"

4 小火鸡与老母狗

XIAO HUOJI YU LAO MUGOU

一场鸡瘟病,母火鸡和刚刚孵出来的一窝小火鸡差不多死了个干净,只剩下一只通体乌黑的小火鸡。虽然鸡属于早成鸟,几乎一出壳就能自己觅食,不需要吃奶也不需要母鸡喂养,但寨子四周是原始森林,常有灵猫、黄鼬、狐狸这样的偷鸡能手溜进寨子来行窃,我的住房旁边还有小河沟和水塘,才出世没几天的小火鸡,在如此险象环生的环境里,失去了母鸡的庇护,失去了群体的照应,如果让它单独生活在鸡棚里,存活下来的可能性微乎其微。于是,我抱着试试看的态度,把小火鸡送到花娘的窝里。

花娘是我养的一条老母狗,十三岁牙口,曾生育过八胎小狗,都被我拿到集市上卖掉了。花娘年轻时长得苗条漂亮,尾巴后面老跟着一串公狗,如今狗老珠黄,不再有伴侣光临,整天独自卧在窝棚门口懒洋洋地晒太阳。也许是它太寂寞了,也许是它多次做过母亲因而有特别强烈的母性意识,我把小火鸡塞进它怀里,它立刻就用舌头舔着小火鸡的背,留下气味标记,这是狗的一种认亲仪式。小火鸡也十分乖巧,拱进花娘的怀里就用小嘴在狗肚皮上轻轻啄咬,当然是在啄扁虱和跳蚤。

之后,小火鸡和花娘成了形影不离的伙伴。不管小火鸡到哪里去找食,花娘都紧紧跟随在后面,有时花娘还会用狗爪刨开松软的泥土,找出蚯蚓来,用柔和的吠叫声招呼小火鸡前来啄食。晚上,小火鸡就睡在花娘的

窝棚里。有一天半夜，下起瓢泼大雨，电闪雷鸣，旧狗棚有点儿漏雨，我生怕小火鸡会被淋湿，打着手电到狗棚一看，花娘弓着腰，就像一把撑开的伞，把小火鸡罩在自己的身体底下，小火鸡光光的脑袋钻在翅膀下，睡得正香呢。还有一次，我亲眼看见，小火鸡在院外一棵枝繁叶茂的缅桂树下刨食小虫子，突然从树上跳下一只猫，不怀好意地朝小火鸡逼近，小火鸡吓得尖叫起来，花娘立刻旋风一般扑上来，龇牙咧嘴，把贪婪的猫给赶走了。

几个月后，小火鸡长大了，黑色的羽毛闪闪发亮，赤裸的脑袋布满了珊瑚状的皮瘤，下巴挂着两片玛瑙似的肉垂。它不仅活了下来，而且比有母火鸡照料长得更健康漂亮。它的行为举止有点像狗，只要一有生人跨进院子，就会气势汹汹地冲着人家一通乱叫，还学会了像狗似的朝我摇晃它的扇形尾羽。因此，我戏谑地称它为"狗火鸡"。

就在这时,花娘遭到了不幸。它在流沙河边追逐一只狗獾时,两条后腿卡在两块鹅卵石之间的缝隙里,折断了。乡里的兽医虽然替它把腿骨接上并包扎好,但对它能否站起来走路没抱什么希望。兽医对我说:"两条伤腿要能重新奔跑,关键是要有毅力。刚开始学走路时,它的后腿只要一沾地,疼得像火烧。要是换一条年轻些的狗,身体素质好,最要紧的是求生欲望强烈,或许还能恢复行走,而你的花娘太老了,它不会再有勇气迎接命运挑战的。"

果真像兽医预言的那样,花娘拆掉夹板后,仍整天躺卧在窝棚门口,吃饭或排泄,非得移动身体,就费劲地拖着两条僵硬的后腿在地上慢慢爬行。它越来越消瘦,也越来越衰老。我试图逼它站起来,用棍子打,用脚踢,它连连哀嚎,就是不愿支起后腿,我也不忍心过多地去折磨一条残废的老母狗,只好放弃使它重新站起

来的努力。看来,兽医的分析是有道理的,狗的最高寿限是十五岁,花娘已十三岁,至多还能活一两年,何必为了老朽的生命再去吃苦头呢?

在花娘养伤的一段时间里,狗火鸡整天陪伴在花娘身旁,觅食也不跑远,啄到蚯蚓什么的,还送到花娘面前给花娘享用。当花娘拆除夹板后,狗火鸡在花娘面前不断地重复着这样一套动作:下蹲,起立,再下蹲,再起立,一脚高,一脚低,踩着花步,舞蹈行走,嘴里"咕咕咯,咕咕咯"地轻声叫唤着。我相信它是在用动物特殊的身体语言,鼓励花娘重新站起来。花娘用凄凉的眼光望着狗火鸡,赖在地上不动弹。

一天早晨,我看见狗火鸡同往常一样,不厌其烦地"咕咕咯咯"叫着,在花娘身边兜着圈子。突然,它伸出光光的脑袋,在花娘额头重重啄了一下。火鸡的喙形如鱼钩,坚硬如铁钉,狗头虽硬,啄一下也难免起个肉疙瘩。花娘疼得咆哮起来，身体弹了弹，似乎想冲出去，但被两条后腿拖累着，没法还击，只好在喉咙里"呼噜呼噜"地咒骂。狗火鸡绕到花娘背后，冷不防又狠狠地在花娘后脑勺上啄了一下，绝不比大马蜂蜇得轻，花娘像触电似的跳起来，奇迹出现了，它竟然四肢直立地站了起来。它举步向前走去，才走了两步，一个趔趄，又摔倒在地。它又悲哀地吠叫起来。狗火鸡毫不心慈嘴软，再次飞到花娘的背上，咬住花娘的一只耳朵，使劲地拧呀拧，疼得花娘的狗嘴都扭歪了。它再次站立起来，去追狗火鸡，这次，蹒跚着走出五六步才摔倒。狗火鸡一次次挑衅，直到花娘累得狗舌头伸得老长老长，趴在地上大口喘气，这才告一段落。

这以后，狗火鸡乐此不疲，每天都玩这种"挑衅"游戏。花娘的额头上伤痕累累，血渍斑斑，头上的毛都快被拔光了，差不多变得像火鸡一样成了光脑袋。可它

每次站起来的时间越来越长,追逐的距离也越来越远。

一个多月后的一个下午,狗火鸡又一次叼着一撮狗毛往前逃,花娘怒冲冲地尾随追赶。突然,花娘脚下生风,"嗖嗖"朝前蹿跃,一个前扑,把狗火鸡摁倒在地。它眼里一片冰凉,透着一股杀气,伸出嘴来一口衔着火鸡的脖子。我在旁边看得心惊肉跳,我知道狗火鸡手段虽然残忍了一点,但出发点却是好的,是为了让花娘重新站立起来,倘若花娘一口咬断狗火鸡的脖子,这大概是世界上最残酷的悲剧了。当时我正在给马喂饲料,离它们有十几米远,已无法阻止花娘行凶了。就在这时,我看见了今生今世永难忘怀的镜头:花娘将狗火鸡脖子从嘴里吐了出来,它冰凉的眼光像被火焰融化了一样,闪烁着一片晶莹,它把狗火鸡搂进怀里,不断地舔着狗火鸡背上的羽毛。

哦,花娘懂得狗火鸡的良苦用心。

5 雪崩

XUEBENG

还没走到日曲卡雪峰,老天爷就刮起了暴风雪。凛冽的北风呼啸着从"V"字型的风雪垭口窜来,卷起地上的积雪,和着天上的落雪,扬起山旮旯里的枯叶和沙砾,整个山口仿佛是被飞舞的芦花密密包裹起来的芦苇荡。

你扬起树枝在母牦牛艾蒂高翘的臀部抽了两下,催促它跑快些,再跑快些,天黑前无论如何也要穿过日曲卡雪峰。雪峰下那条弯弯曲曲的羊肠小道是在陡崖上开凿出来的,石头路面被羊蹄、马蹄、牛蹄等兽爪还有人脚磨得油光锃亮,再铺一层雪片,结一层冰凌,滑得更像涂了油。摸着黑走这样的山路可不是闹着玩的。

艾蒂不愧是你从小饲养大的牦牛,懂你的心事,撒开四蹄一路小跑。刚满半岁龄的花面崽紧紧跟在母牛的屁股后面。寂静的山野响起一串雪片被踩碎的"咔嚓咔嚓"的声响。

转过一道山岬,就是日曲卡雪峰了。滇北高原的山峦一般都是丘陵状,缓缓隆起,模样很像一只只发酵得恰到好处的馒头。唯独日曲卡雪峰,平地突兀,峻峭挺拔,高耸入云,就像一根支撑穹隆的天柱。此刻,山体的沟沟壑壑间积满了白雪,就像穿了件又肥又宽的羊皮袄,显得有点儿臃肿。尤其是冲着羊肠小道的那面山坡,顶上的积雪已厚达几丈,呈悬挂之势,像是高高蹲着一只张牙舞爪的白色怪兽,随时会扑跃下来吞噬一切。这不是幻觉,确确实实,这里每年冬末时节都要发

生一场惊天动地的雪崩。

日曲卡雪峰是一座仁慈的山,从不会像其他凶狠的雪山那样突然爆发雪崩,把在山脚下经过的生灵埋葬在厚厚的雪层下。它总是在雪崩的半小时前就从陡斜的山脊线滑下一条雪尘,开始细如丝线,然后逐渐变粗,像一条白绸带,在雪崩发生的前几分钟,又形成宽达数丈的雪瀑,凌空倾斜,在山道上空形成一道耀眼的白色弧线,伴随着如雷的轰响,警告山脚下过路的生灵赶快躲避。日曲卡雪峰确实有副好心肠,所以尽管年年雪崩,却从来没伤害过山民和牲畜。

你的大名就叫山娃子,从小在这一带山野摸爬滚打,对雪崩的奥秘当然一清二楚。

陡斜的山脊线没任何动静,你大胆地往前走。

石头路面上覆盖着冰雪,很滑很滑。

花面崽突然一脚踩空,"咕咚"一声从山道上摔下去。花面崽一只后蹄踩在一块冰砖上,冰砖吱溜滑下陡崖,花面崽摇晃一下身体,也跟着跌了下去。等你反应过来,想去揪住花面崽的尾巴帮助它站稳时,已经迟了。这一段崖子虽然不深,却很陡,花面崽几乎是笔直掉下去的。崖底爆起一团雪尘,还传来牛骨折断的脆响。

走在前面的母牦牛艾蒂,"哞"地惊叫起来,不顾一切地撒开四蹄,在结满冰凌的狭窄山道上奔跑了一程,找到一处斜坡,四蹄踩在斜坡的积雪上,笨重的身体像溜滑梯似的滑进崖底。不一会儿,山谷里传来母牛和牛崽高一声低一声的哞叫。

你别无选择,也只好一脚深一脚浅地踩着积雪下到崖底。这是一个瓦钵状的山谷,面积不大,阴森森的,有一股刺骨寒气。猛犸寨的人都管这山谷叫"黑谷"。其实,这山谷冬天一层白雪,夏天一地青苔,根本没有

什么黑颜色的东西,起名黑谷,不过是用颜色来象征某种凶险。

你循着哞声很快找到了艾蒂和花面崽。

花面崽卧在一块凹凸不平的岩石上,积雪被砸出一个半尺深的坑。你蹲在地上查看了一下,它身底下没有淌血。没有淌血比淌血更不妙,淌血说明伤着了皮肉,没有淌血说明伤着了筋骨。你扬起手中的树枝,"嗷"地喝叫一声,在花面崽屁股上狠狠抽了一下,你巴望它能挣扎着站立起来。可你很快失望了,它只是把细弱的脖颈扭了扭,表示极想挺立起来,身体却像块僵硬的石头,怎么也动弹不了。你不愿相信它四条腿真的都骨折了,扬起树枝还要试一试,突然,艾蒂鼓起一双铜铃似的牛眼珠子,愤愤地朝你低吼了一声。花面崽也向你投来哀怨的眼光,凄凉地叫了一声。

你虽然还只是个十四岁的少年,却已是有六年牧龄的老放牛娃了,对牦牛的脾性摸得很透,晓得艾蒂是在警告你不要折磨已受了重伤的崽子。花面崽是在告诉你,它没心思跟你调皮捣蛋,它实在是无力站起来了。

这该怎么办才好?花面崽虽然只有半岁,少说也有百把斤重,别说把它背回家去,就连抱也无法把它抱起来。艾蒂倒有身牛力气,却不会像猴子那样驮着猴娃行走,也不会像虎豹那样叼着幼崽奔跑。

要是早知道半路会遇到这场暴风雪,你绝不会让花面崽尾随着艾蒂到雪山镇去运送那两笼野雉的。阿爸曾劝过你:"山娃子哎,去雪山镇路途远,带着牛崽是累赘,会添乱子的。"你没听阿爸的话。现在,后悔也晚了。

雪越下越密,阴霾的天穹一片晦暗。怎么办?这条荒僻的山道平常就罕有人迹,暴风雪中就更见不到一个人影。看来只有回猛犸寨去搬救兵了。阿爸会有办法

的，约上伦戛舅舅和阿努大叔，举着火把，带着竹竿绳索，就能把受了重伤的花面崽抬回家。你试探着拉了拉艾蒂的缰绳，它梗着牛脖子瞪了你一眼。你知道，它要守护在牛犊身旁。这也好，你想，有艾蒂在就不怕野狼、豺狗和雪豹来扑咬花面崽了。牦牛头顶那两支琥珀色的牛角锋利得就像两把尖刀，护崽的母牦牛比老虎更凶猛哩！从日曲卡雪峰到猛犸寨来回约三个小时，虽然黑谷风雪迷漫，但牦牛生性耐寒，全身披挂着的一绺绺长毛能有效地抵御风雪，不用担心会被冻坏。你动手解开艾蒂身上的肚带，卸下驮架。两笼野雉在雪山镇卖了个俏价。驮架空空，没费多少力气就从艾蒂背上卸下来了。

你紧了紧身上的羊皮袄，准备离开黑谷。突然，脸上似乎被什么东西喷射了一下，冰凉冰凉，还有点儿生疼。不像是风把雪花刮到脸上，天上飞扬的雪花轻盈温柔，感觉是凉丝丝、痒丝丝的，而不会生疼。也不像是地上的沙砾被风卷起飞溅到脸上，沙砾落到脸上绝不会有那种刺骨的寒意。你无意中走动了几步，脸上那奇异的感觉顿时消失。你再走回刚才站立的位置，脸上又有了那种凉飕飕的感觉。你惊讶地抬起头，日曲卡雪峰耸立在眼前，嶙峋的山体堆满了白雪，显得头重脚轻，摇摇欲坠。那条潇洒的山脊线正对着你的脸，似乎在朦胧地流动。暮色苍茫，你以为是自己看花了眼，揉揉眼皮，妈呀，那朦胧的流动愈来愈清晰，像老天爷漏下了一条白色的丝线，顺着山脊线滑向大地。怪不得脸上会凉飕飕的，那是从寒冷的雪峰飞泻下来的冰粒！你突然觉得头皮发麻，手足发软，心儿怦怦乱跳。你十分清楚，山脊有冰粒流动将意味着什么。至多还有半个小时，这里就要发生惊天动地的雪崩，仁慈的日曲卡雪峰已经向你发出警告了。

沿着山脊线倾泻的流雪越来越明显,冰雪的颗粒也越来越大。

你呆呆地望着身旁的艾蒂和僵卧在岩石上的花面崽。难道说,神汉阿努大叔的预言果真要应验,艾蒂真的命中没崽,生一个就要死一个?

花面崽是艾蒂产下的第二胎牛犊。头胎牛犊生下才两个月就死了。

那是两年前的春天,艾蒂在牛厩干燥的稻草堆里产下了头胎牛犊。小家伙全身雪白,油汪汪、亮闪闪,像只白月亮,很逗人喜爱。你每天从马背小学放学回家后,就把艾蒂和白月亮带到野鸭滩去放牧。野鸭滩水美草肥,牦牛吃了能长膘。艾蒂是个很称职的母亲,寸步不离地守在白月亮身旁,无论是狗是人还是其他牦牛,只要一挨近它的宝贝牛犊,它就会鼓起一双凶狠的牛眼,摇晃着头顶那对琥珀色的牛角,"哞——"地发出一声威严的吼叫。但对你是例外，无论你扳着白月亮的脖颈摔跤还是用狗尾巴草捅白月亮的鼻孔，它都不会气恼。

艾蒂大概做梦也不会想到，它最信任的小主人会杀了它心爱的白月亮。

那段时间，家里经常发生鸡被盗的事。有一只贪婪的白狐，总是在傍晚时分踩着淡淡的月光溜到院子的鸡窝里偷鸡。阿妈养了二十多只茶花鸡，不到一个月时间，只剩下七只了。阿爸在院子的篱笆墙下安置了捕兽铁夹，没逮着狡猾的白狐，倒把家里那条名叫阿花的狗夹断了一条后腿。那时你已满十二岁了，正渴望做个受伙伴们尊敬的小猎手，便操起阿爸那支箍着一道道铜圈的猎枪，埋伏在院子后面那片小树林里，等待盗鸡贼前来送死。

那天是上弦月，月色清雅，树影斑驳，眼前的一切

都显得有点模糊。你看见一个白影子在树丛若隐若现,还传来草叶被折断的窸窣声。你断定必是白狐无疑,便果断地扣动了扳机。"轰"的一声巨响,霰弹像群唼肉喋血的小精灵扑向那团白影。白影猝然倒地,你还以为自己射中了该死的白狐,高兴地从地上蹦跳起来。这时前面树丛里突然"哞"地传来一声牛叫,那是艾蒂在叫,声音低沉颤抖,透着无限悲怆。你好生奇怪,只听说过兔死狐悲,没听说过狐死牛悲的。你钻进树丛赶过去一看,白月亮倒在月光下,小小的牛头被铅弹击碎了,汩汩流着鲜血。你这才恍然大悟,你误把白月亮当作白狐打死了!艾蒂用牛嘴拱动着白月亮软塌塌的脖颈,徒劳地想让自己的宝贝重新站起来。你和艾蒂四目相视,牛眼里闪烁着一片憎恶与仇恨。你手中的猎枪还在冒着袅袅青烟,你脸上还挂着猎杀的兴奋与激动,艾蒂当然一眼就认出来,你是杀害它宝贝的凶手。随着一声压抑的低吼,艾蒂牛眼里爆起一道复仇的冷光。算你反应快,扔下猎枪转身就跑,艾蒂打着响鼻在背后追赶。幸亏离家不远,你失魂落魄地逃进屋,赶紧把门拴死,牛角乒乒乓乓撞在木门上,震得屋顶的木瓦稀里哗啦往下掉。

阿爸、伦戛舅舅和阿努大叔闻讯赶来,用盘头套绳和双球脚绊好不容易才把狂暴的艾蒂赶进牛厩。

牛厩圈住了艾蒂的身体,却圈不住那颗复仇的心。只要你山娃子的身影一出现,艾蒂就会用嘶哑悲凉的声调"哞哞"叫着,撅起那对匕首似的犄角,朝你冲将过来。结实的木栅栏有好几块木板被犀利的牛角挑得稀烂。

"这样下去怎么得了,"阿妈忧心忡忡地对阿爸说,"万一哪天它冲出牛厩,我们山娃子不就……唉,干脆点儿,把猎枪拿来,宰了它吧,也省得我整天提心吊胆。"

阿爸阴沉着脸,望望牛厩里狂躁不安的艾蒂,又望

望栅栏外的你，慢吞吞走回屋去取枪。

"不，阿妈，别宰艾蒂。"你拉住阿妈的手央求道，"是我不对，误杀了白月亮。我已经错过一次了，再杀艾蒂，不就是错上加错了吗？"

"它要用角撞你，它已经发疯了，是疯牛。"

"不，阿妈，它不是疯牛。"你大声申辩道，"它瞧见我开枪打死了它的宝贝，它恨我，才想撞我的。阿妈，假如有人伤着了我，你不也会去拼命吗？"

"小孩子家，别乱嚼牙巴骨说不吉利的话。快，朝身后自己的影子吐泡口水，驱驱邪。"阿妈搂着你的肩说，"真是个傻孩子，它是畜生，怎么可以跟人来比呢？"

"虽说是牦牛，也有舐犊之情的。"阿爸瓮声瓮气地说。

"我们总不能养个仇敌在家吧。"

"阿妈，我不是故意要害白月亮的。这是误会，我心里也难过得要命。艾蒂迟早会明白这一点的，它会原谅我的。"

"它是畜生，它懂个啥呀！"

"不，阿妈，艾蒂很聪明，它除了不会说话，啥都懂的。"你固执地说。

"唉，"阿妈叹了口气无可奈何地说，"那就随你的便吧。千万要小心，别走进牛厩去。"

阿爸什么也没说，只在你肩头重重捏了一把。这是男人间的暗语，表示信任和理解。

除非你插上翅膀，否则是不可能赶在雪崩前回猛犸寨搬来救兵的。日曲卡雪峰上的积雪将在半小时内无情地崩塌下来，填满整个黑谷，这里将变成一座高高隆起的巨大的雪坟。

你用肩膀顶住艾蒂的屁股，用力推搡。"艾蒂，这里就要雪崩了，我们快离开吧。你驮不走花面崽，我也

抱不动它，这不怪我们心狠，实在是没办法。走吧，艾蒂，你留在这里没用的，救不了花面崽，反而会白白葬送自己！"艾蒂的四条腿像生了根一样，一动不动。你绕到牛头前，一手扳住牛角，一手拉着缰绳，用力朝外拽。"艾蒂，听话，来，抬起你的前蹄，走吧，走吧，花面崽肯定是没救了，你何苦把自己也搭进去呢！"艾蒂拧着粗壮的牛脖子，任你怎么拉拽，就是不肯动弹。

山脊线上的流雪骤然变大，白丝线变成了白绸带，雪尘冰粒在高速倾泻中互相摩擦，泛起一缕缕惨白的光。流雪声"沙沙"地响，这是山神在叹息。你不能再这样磨蹭了，时间是宝贵的，早一分钟离开黑谷就少一分危险。你将缰绳在右手掌里绕了两圈紧扣，双脚蹬地，使劲拉。艾蒂狭长的牛脸无可奈何地扭了过来。好极了，再使一把劲就可迫使它开步走。瞧，它的一条前腿已抬离地面了。你索性把缰绳扛在肩上，像纤夫拉舟似的朝前迈进。你侧着身、斜着眼观察艾蒂的反应。它的脖颈已扭到了极限,两支牛角翻到脊背上,脸痛苦地仰向天空,口鼻和身体形成一条水平线。缰绳绷得如同琴弦,山脊线上的雪流偶尔冲下一块冰碴儿,落在牛缰绳上,发出"铮铮"的音响。你产生了一种胜利在望的喜悦。你刚要继续加力,突然,你瞥见艾蒂那条蓬松如芦苇的牦牛尾巴急剧地在空中划了个圆圈,牛脖子倔强地猛烈向后摆动,"铿"的一声,它的鼻孔豁裂了,结实的麻绳从牛鼻子里脱落出来。你没防备,在雪地里栽了个跟头。

艾蒂仍守护在花面崽身旁,半步也没挪动。它丰满的紫黛色的鼻孔被麻绳割得血肉模糊,冒出一汪黏稠的鲜血,很快被凛冽的寒气凝冻成坨,牛鼻子上像绽开了一朵红罂粟。它瞅了你一眼,眼光分明有一种哀怨和责备。它低低地哞叫一声,似乎在劝你不要枉费心机了,

它绝不会扔下自己心爱的宝贝不管。

你沮丧地从雪地里爬起来,艾蒂果然像你所担心的那样,拉穿鼻孔都不愿回头。

山脊线上流动的雪带膨胀变宽,宛如一条洁白的哈达。惨白的苍穹正在变黑,盆形山谷里反射着一层冷漠的雪光。

无论如何,你也不能把艾蒂留在这里送给死神。你抖抖身上的雪尘,走到艾蒂面前,搂住毛茸茸的牛脖子,把自己热烘烘的脸贴在冰凉的牛脸上,喃喃地说,"艾蒂,我知道,你心里很苦,做妈妈的,谁都舍不得丢弃自己的孩子,无论是人是牛都一样的。可这是天灾呀,怪不得谁。艾蒂,你要坚强点!你还年轻,你还会有牛犊的。我用盐巴、辣子对着山神起誓,回到家,我明天就找头最魁梧健壮、最俊美潇洒的公牦牛来跟你作伴。等你再有了宝贝,我保证,让你和你新生的牛犊日夜待在我家的院子里,那儿绝对安全,没有风暴,没有雪崩,没有虎豹,没有豺狼,没有陡崖,没有深渊,没有饥饿,直到你新生的牛犊平平安安长大。艾蒂,你听懂没有?我求你了,我们走吧!这里马上就要雪崩,会把你活埋在厚厚的雪层里的。"

艾蒂牛眼里泛起一片晶莹,抬头望望积雪臃肿的日曲卡雪峰,心有所动的样子。你把自己被高原阳光晒得通红的双颊在牛脸上摩挲得更加起劲。遗憾的是,你的努力还是白费了,艾蒂静默了一会,缓慢然而又坚决地把自己硕大的牛头深深埋下去,挣脱了你的搂抱和摩挲。

你的心凉了半截。这简直就是对牛弹琴嘛!突然间,你心里涌动起一股好心被当作了驴肝肺的委屈和愤懑。你脑袋热辣辣的,有一种强烈的发泄的冲动。你跳起来,从雪地上捡起那根充作牛鞭的树枝,猛烈地朝艾

蒂身上抽打。

"你这丧失理智的混蛋,你这不通人情的畜生,我让你走,你就得走!你这头笨牛,我是你的主人,你就得听我的!你走不走?不走我就打死你!"

树枝劈裂空气发出尖厉的声音,艾蒂屁股脊背上牛毛飞旋,厚厚的皮囊上爆起一条条蛇状的血痕。它终于举步走动了。看来,调教野蛮的牲畜,暴力还是有效的,你想。但你很快发现自己的结论下得过早了。艾蒂是在走,却不是走出黑谷,而是走向渐渐漫过来的雪堆。

沿着山脊线倾泻而下的冰雪川流不息,在离花面崽躺卧处十几米远的地方隆起一座雪堆,雪堆充满活力,不断向四周扩展延伸,边缘已漫到花面崽身旁了。艾蒂走过去,像对付一匹威胁着宝贝生命的雪豹似的,用牛角拼命抵着雪堆,牛头摇晃着,牛角与冰雪摩擦迸出一片寒光。牛角再尖利,也是无法同轻柔的雪堆对抗的。

雪流越涌越凶，很快将花面崽的半边身子掩住了。艾蒂大概也觉得自己的努力是徒劳的，终止了用牛角搏斗，紧挨着花面崽伫立在靠雪堆的一侧，把自己庞大的身躯当作一堵结实的墙，为花面崽遮挡着雪流。

你觉得自己被捉弄了，心头的怒火突突上蹿。你操起扔在雪地上的驮架，狠狠朝艾蒂砸去。驮架击在牛腿上，发出木鼓般的震响。你不知从哪来的一股蛮力，把坚实的驮架砸成了一堆碎木片。艾蒂趔趄，似乎要跪了下去，又挣扎着站稳了。你以为它遭到如此痛击，会转身向你还击的，这倒不错，你可以引它逃出黑谷。起码它该扭过头来朝你凶狠地哞叫，以示不满。可它既没转身也没扭头，仿佛你压根儿就不存在似的。只有那条被驮架砸中的牛腿，一会儿抬起来，一会儿又跪下去，证明被砸得确实不轻。

你就像骄阳下的雪人，浑身发软。你伏在艾蒂的背

上,哭了起来。你知道自己不该哭的,阿爸说过,男子汉的泪是用血做的,所以不该轻易地流。你已经满十四岁了,山里的孩子早熟,你早就觉得自己是个顶天立地的男子汉了。可眼泪就是不听话,像决堤的洪水,汹涌澎湃、毫不知羞地流着。你觉得自己无能为力,是个十足的窝囊废。

你天天给关在牛厩里的艾蒂送草送水。你隔着木栅栏将清泉水倒进厩内的木槽,将鲜嫩的马鹿草扔进厩内的竹筐。开始,一见你走近牛厩,它便怒不可遏地冲撞栅栏,即便饿得眼睛发绿,只要你还待在牛厩旁,它就不吃你割的草,不饮你倒的水。你并不计较,天天精心饲养它。半年后,它的态度逐渐缓和下来,见到你时,虽然那双牛眼仍然血丝通红,闪烁着冰凉的仇恨,但已不再发疯般地用牛角冲撞栅栏。你就是赖在牛厩旁不走,它也照样咀嚼你投的草料,饮用你倒的清泉。时间能冲淡仇恨，你想。你试图做进一步的和解努力。那天你故意把草料投到你伸手就可以触摸到的栅栏边，趁它低头用舌头卷食之际，将事先准备好的一把钢梳子探进厩去，轻轻梳理它身上的长毛。牦牛顶喜欢主人替自己梳毛，它们长着一身细密的长毛，能御寒，却也容易滋生寄生虫，拖到地上的长毛还经常会被尘土草浆粘得脏兮兮、乱乎乎，被梳理时便会觉得十分舒服惬意，半闭着牛眼做出陶醉的模样。相传，生性凶蛮的牦牛就是因为太喜欢人类替它们梳毛了，才收敛野性，俯首甘做人类的家畜。你想通过梳毛来向艾蒂传达自己误伤白月亮后内心的悔恨，并请求它的宽宥。你举起钢梳子才碰到艾蒂的背脊，突然，它粗壮的牛脖子猛地一拧，两支牛角凶恶地朝你胳膊挑去，你赶紧将胳膊从栅栏里缩回来。钢梳子被牛角挑飞了，像只长尾巴丘鹬在天空中飞舞着。艾蒂没挑中你的胳膊，气得又用牛角在栅栏上疯

撞了一通。

你明白了,这段时间艾蒂之所以不再见到你的身影就冲撞栅栏,是因为它知道用栗树围起来的栅栏太牢固,它的牛角是无法捅得破、撞得开的。艾蒂之所以当着你的面也吃草也饮水,大概是觉得不吃白不吃,吃饱了好有力气来对付你。时间并不能消弭杀子的刻骨仇恨。

阿妈出主意说:"艾蒂是因为死了崽才变得野蛮的,要是它重新生了崽,疯劲也许就会被浇灭。我们伤了它一个崽,还它一个崽,谁也不欠谁的,两清了。"

你觉得阿妈的话有点道理,不妨试试。两个月后,牦牛进入了发情期。你特意从伦戛舅舅家的牦牛群里挑了那头绰号叫"风流汉"的公牦牛给艾蒂配种。风流汉八岁牙口,毛光水滑,屁股凸出一块块腱子肉,两支褐色的宝角长着一圈圈横棱,美观洒脱,很受母牦牛的青睐。

风流汉进入牛厩时,艾蒂正神情忧悒地卧在角落里。风流汉站在牛厩中央朝艾蒂发出忽长忽短的哞叫,浑厚的声音穿透力极强,显示它非凡的雄性气概。紧接着,它那根蓬松如拂尘的尾巴翘向天空潇洒挥舞着,一阵轻颤猛抖、慢撩细甩、左绕右弯、上挺下勾,令人眼花缭乱,它在用牦牛特有的身体语言诉说着爱的心曲。但艾蒂憔悴的牛脸上却无动于衷,懒懒地瞥了它一眼,又低头想它的心事。风流汉不知是求偶心切,还是太过于自信,冒冒失失向艾蒂靠拢过去。艾蒂倏地站起来,愤怒的眼光隐含着杀机,摇晃着头上的尖角,短促地哞叫一声,似乎在说,你这个无赖,滚远点,别来烦我,不然你会吃不了兜着走的。风流汉大概错以为艾蒂的拒绝不过是一种雌性的忸怩,便涎着脸继续朝前靠。艾蒂低着头闷声不响地突然撞过来,风流汉猝不及防,脖子

被牛角犁开了一条两指宽的伤口，血流如注。艾蒂仍不罢休，又猛烈朝前冲击，风流汉抵挡不住，在牛厩里转圈奔逃。要不是阿爸掌握好时机突然打开牛厩木门，放它出来，后果不堪设想。

"这真是个馊主意，"阿爸一面把石臼里捣烂的草药糊在风流汉伤口上，一面说，"旧账未了，它哪有心思去谈情说爱嘛。可惜了这条公牛，怕是三个月不能配种了。"

阿妈神情沮丧，从牙缝里迸出一句："这真是条油盐不进的瘟牛！"

你拉着前来帮忙的阿努大叔的手，央求道："大叔，你给艾蒂施点儿魔法，让它不要再记我的仇了，行不？"

阿努大叔是猛犸寨的神汉，谁家有红白喜事，都要请他去跳神。他会用两只熟鸡蛋一只生鸡蛋来预测凶吉。可这一次阿努大叔也似乎无能为力了，他摸着络腮胡子苦笑着说:"傻孩子,你大叔要真有这等魔法,早就施展了,还要等你来求吗?"

"阿努大叔,你一定要教教我,用啥办法才能让艾蒂原谅我的过失。"

阿努大叔沉思了一会,轻轻地说:"牦牛是通人性的,它晓得自己被关在牢笼里了,这心头的怨恨怕是会越积越重哟。"

阿努大叔话音刚落,阿妈清秀的脸庞上那双柳眉陡地竖起:"发酒瘟的,你是想让牛角在山娃子身上捅个血窟窿吗?你是想让我儿子去给畜生抵命吗?"

阿努大叔那张狭长的脸上堆起了尴尬的笑:"嫂子,别生气,我阿努要真有这种坏心肠,上山撞着豹子,下河踩着鳄鱼!我的意思是说,要想让这头疯牛回心转意,就好比把鹅卵石孵成小鸡一样难喽!我说山娃子,你就别再为难自己了,给它在牛厩里养老送终,也算很

对得起它了。"

阿妈两条柳眉这才稍稍平缓了些。

山脊线上的雪流已宽如瀑布,那悬挂在峰顶的巨大雪块在昏暗的雪光中像一只面目狰狞、张牙舞爪的怪兽,随时都有可能扑进黑谷。你拭干眼泪,跺跺脚,毅然转身朝黑谷外走去。你犯不着为了一头母牦牛再继续滞留在危险的黑谷里。小路陡峭溜滑,你跌跌撞撞地攀爬着。你觉得自己心里应该是很踏实的,你没做错什么,你并不是抛弃艾蒂独自逃命。你求过它,骂过它,揍过它,拉过它,软硬兼施,什么办法都用尽了,它就是不肯离开黑谷,你有什么办法,你能拗得过牛脾气吗?你没什么过意不去的,你想,它这是自己找死。你根本不用担心损失了两头牦牛会受到爸妈的责备。家里虽然不富裕,两头牦牛还赔得起。你是家里的独生子,别说区区两头牦牛,就是金山银山堆在爸妈面前,他们

也舍不得你发生意外的。甚至这也不能算是太大的损失,等到春暖花开、冰雪消融,仍可以在黑谷里找到冻成冰块的艾蒂和花面崽,像是在冰柜里储存了一冬天,牛肉还是新鲜的。

你没有任何理由不离开黑谷。

快爬出陡崖时,你忍不住回头望了一眼。你明明知道艾蒂绝不可能跟着你一起撤离黑谷,可就是丢不开这份幻想。它果然还站在风雪凄迷的谷底,它身体的左侧是无力动弹的花面崽,右侧是迅速垒高的雪堆,冰雪已高至它的肩胛,黑牦牛染成了白牦牛。它大概以为它健壮的身躯能抵挡住风雪的侵袭,这挺可笑的,你想,它终归是牲畜,不会明白黑谷即将变成雪坟,别说一头牦牛,就算有一百头牦牛,也会在眨眼的工夫被崩塌的冰雪埋得无影无踪。

你继续往黑谷外走去。不知为什么,步履越来越沉重，背后像有根无形的线，紧紧拴着你的心。

你虽然找出种种理由来努力地安慰自己，却总摆不脱怅然若失的感觉。在你幼稚的少年的心怀里，艾蒂是你亲密的伙伴和朋友，彼此有一种难以拆得散、砍得断、烧得毁、踩得烂的感情。

你终于爬出了黑谷。黑谷像只白脸盆摆在你的脚下。你抛开了死亡，你安全了。你知道，日曲卡雪峰的雪崩得再厉害，也不会漫出黑谷。你站在黑谷边缘，凝望着谷底的艾蒂。雪崩快发生了，你想看看一旦雪崩开始，铺天盖地的雪块从天而降，黑谷发出雷霆般的震响，艾蒂会如何表现？你希望它能在生死攸关的瞬间觉悟到是它自己错了，后悔没听你的话跟你离开黑谷。你很看重这一点，你觉得这是你最后的安慰了。

山脊线上的雪流织成幅宽数丈的雪瀑布，气势恢宏，浩浩荡荡地向黑谷倾泻而去，就算在黑夜，几里外

都能看得清清楚楚。怪不得猛犸寨的山民们都把日曲卡雪峰视作图腾，起誓赌咒都借重这座雪峰的威望。它确实仁慈得就像一尊神，唯恐雪崩会误伤经过山脚的生灵，在发出最后的警告。

想到起誓赌咒，你忍不住打了个寒噤。

你猛地拉开牛厩的门栏，跨了进去。你赤着膊，穿着一条裤衩，阳光在你黧黑的皮肤上涂了一层橘黄色。高原秋天的日头并不烫人，你是赌气脱光衣裳的。要是艾蒂真的至死也不肯原谅你，即使你穿着双层羊皮袄，也挡不住尖利的牛角。要捅，就让它捅得更爽快些吧。

艾蒂垂着头颅，蜷缩在一堆肮脏的粪草上，一群绿头苍蝇在它躯体四周嗡嗡飞翔。这两个月来，艾蒂食量锐减，黑色的长毛失去了光泽，健壮的身体瘦得只剩下一张皮囊裹着一副牛骨架。这两天情形更坏，干脆绝食，连水也不喝了，整天卧在地上，神情萎靡，望着远处的日曲卡雪峰发呆。阿爸在厩外用一块石头砸在它背脊上，它一惊，吃力地站起来，还没等站稳，又"咕咚"跪卧下去。请了雪山镇的兽医来，连药箱都没打开，只隔着栅栏瞄了两眼，就说："趁它还有一口气，送屠宰场吧；活牛肉总比死牛肉要好吃些。"

阿妈瞄了你一眼说："唉，苦命的牛！算啦，我们也不图这笔钱，就让它老死在牛厩里吧。在后山挖个坑，囫囵埋了，也算对得起它了。唉，真是条苦命的牛啊！"

阿妈说这番话时显得愁眉苦脸，还叹了两口长气；但你总觉得，阿妈的语调轻松得有些轻浮，有一种难以掩饰的虚伪。

让艾蒂成为牛厩里的死囚，你觉得并不比把它牵进血腥的屠宰场更慈悲些。

你晓得，艾蒂才六岁，对牦牛来说，正是青春好年华，离老死还远着呢。阿努大叔说得对，它本来就怀着

失子的悲痛,又看到自己被关在牢笼里,这心头的怨恨越积越重,生命也就被折磨得衰竭了。它快要死了,一旦它死去,你永远也无法弥补自己所犯下的罪过。悔恨会像一座无法卸下的大山一样,沉重地压在你的心里。无论如何,你都要设法拯救它的性命!

你打开牛厩的门栏,打开心的牢门。

你晓得,走进牛厩,要冒很大的风险。虽说艾蒂已衰竭得站都站不稳了,但牛角仍很坚硬犀利,那庞大的身躯,对付像你这么个刚刚脱去乳臭的娃娃,还是绰绰有余的。阿爸赶着牦牛群到新草场去了。阿妈到水碓房舂谷子去了。他们若在家,是绝不会允许你打开牛厩门栏的。家里没人,院子空荡荡,发生意外,没人来救助。但你还是毅然决然地跨进牛厩。

你不相信自己一年来的努力都是白费力气;你不相信过去和艾蒂之间亲密的友谊,已完全被仇恨冲得一干二净；你不相信这么长的时间，艾蒂还没看出你真诚的悔恨；你不相信生性忠厚的艾蒂，果真要用你的命来为白月亮复仇。

木栏的门轴发出吱吱刺耳的怪响，艾蒂缓缓抬起头，朝门栏张望。一瞬间，它痴呆黯淡的双眼流光溢彩，像两堆突然被点燃的篝火，迸发出骇人的光芒，那根已无力挥扫牛虻的尾巴，也生气勃勃地歹开了须毛。它抬头望望湛蓝的天空、飘浮的白云，又急遽地将眼光落回你脸上，似乎想证实眼前的情景并非幻觉。

"艾蒂，我来了。"你喃喃地说道，"我晓得你恨我，我也恨我自己。我不该误伤白月亮，更不该把你关在这里。"

艾蒂的反应比你想象的更猛烈。你刚跨进门栏两步，它便"腾"地站了起来，牛头高昂，凶神恶煞般地瞪着你。它的动作十分敏捷，四只牛蹄曲成弓形在地面

麻利地一磕,身体便像有弹性似的升了起来,与早晨相比,宛如换了一头牛。它萎靡的病态奇迹般地消失了,坍塌的肩峰在一瞬间极有气派地耸起来。看得出来,它全部的生命力都集中在复仇上了。

你仍一步步朝它走去。

突然,它一甩脖颈发出一声长哞,声音高亢雄浑,发自丹田,如嚎如吼,气概非凡。长哞声还在空中回荡,它就勾紧牛头,挺着一对琥珀色的牛角笔直朝你撞过来。这对牛角用仇恨磨过,被悲愤淬过,角尖闪烁着逼人的寒光。它肩峰四周的黑色长毛朝后飘扬着,衬托出冲击的磅礴气势。

一股冷气从尾尻沿着脊椎升上你的脑门,你全身冰凉麻木,几乎不会动弹。想转身逃出牛厩已经来不及了;牛厩空空,连一棵可以藏身的树也没有。你不可能空手扳倒一头疯牛。刹那间,你后悔了。你不该如此冒失闯进牛厩来,它毕竟是畜生,不懂得微妙复杂的感情,它只晓得为它死去的牛犊复仇。这真是多余的怜悯和同情。你就要死了,牛角将在你裸露的胸脯捅出两个血窟窿。你被极度的恐惧攫住整个身心,四肢僵硬,望着艾蒂发呆。它挟着风飞快地冲到你面前,两支牛角像出鞘的匕首直插你的胸脯。你绝望地闭起眼睛。奇怪,时间像是凝固了,半天没出现肌肤被戳穿撕裂的疼痛。你睁开眼,简直不敢相信自己的眼睛,艾蒂后肢绷直前肢微曲身体向前倾斜,似乎仍在凶猛地冲击着;牛脖子上的毛一绺绺竖直,两侧的胸肋随着粗重的喘息声猛烈起伏着,完全是一副牦牛同雪豹抵架的姿势;寒光闪耀的牛角离你裸露的胸脯仅仅一厘米远。

它及时停下来了。牦牛不愧是懂感情的动物,虽然恨你,却不忍心伤害你。

一股暖流在你胸中激荡,你伸出手,抚摸它憔悴

的脸庞和枯瘦的肩胛，你的眼睛热辣辣的，滚出一串泪珠。这是悔恨的泪，感激的泪。泪水滴在艾蒂额头，顺着长长的牛鼻梁漫进它的嘴唇。牛舌蠕动着，似乎在品尝着泪的滋味。突然，它发出一声长哞，声音低沉喑哑，发自肺腑，如泣如诉，摄人心魄。艾蒂虽然是头不会开口说话的牲畜，但它什么都懂：它知道你不是有意伤害白月亮的；它知道你是出于无奈才把它囚禁在牛厩里；它知道你的内疚和悔恨；它也知道你是在冒着生命的危险，打开牛厩门栏，想拯救它的性命。它不能不恨你，也不能不爱你，强烈的爱和恨在它心里交织着，冲突着，所以才会一见你就凶恶地顶着牛角冲撞过来，又在最后一瞬间遏住了自己野性的冲动。

你情不自禁抱住它硕大的牛头，就像抱住一个受了委屈的伙伴。它庞大的躯体摇晃了一下，就像冰山被阳光泡酥了，四肢软绵绵地站不住，"咕咚"跪倒在地上。

它的激情熄灭了，力气耗尽了，长毛枯槁，肩峰凹塌，又恢复了原先病恹恹的神态，只有那双牛眼，越来越清亮，泛起一片晶莹，滚出两颗泪珠。

"艾蒂，我对着神圣的日曲卡雪峰起誓，我一定给你找个称心如意的伴，让你生下活泼可爱的牛犊，成为世界上最幸福的母牛！"

你也跪在地上，捏着拳头郑重地说道。

"山娃子，快，朝自己身后的影子啐三泡口水，收回你刚才的誓言！"阿努大叔不知什么时候进牛厩的，站在你背后说。

"阿努大叔，我起的誓有啥不对吗？"

"小孩子家不懂事。男人的誓言是蘸着血写在他生命上的，可不是闹着玩的。"

"阿努大叔，你放心好了，我就是用我的生命在起誓，是我误伤了白月亮，我得赔它，我不收回我的誓言。"

"孩子啊,我用千年羊骨给艾蒂占过卦,它命中无崽,生一个就要死一个,你发了毒誓,将来后悔都来不及的。"

"我不信,你这是骗人。"

阿努大叔摇头叹息地走了。

你念过书,知道神汉是一种愚昧和迷信,你才不信阿努大叔有预测未来的本事呢。

艾蒂仿佛听懂了你的誓言,默默注视着远方的日曲卡雪峰,颔首致意。

说也奇怪,没有灌汤药,也没有在牛屁股上扎针,艾蒂的病就不治而愈。它贪婪地嚼咬着你割来的草料,不到一个月,又变成一头毛色光滑、丰满健壮的母牛了。

翌年冬天,艾蒂在火塘边产下了一头浑身漆黑、面颊上分布着四块对称白斑的小牛犊。你给这头小牛犊起了个别致的名字:花面崽。

你连滚带爬,从安全地带又回到阴森恐怖的黑谷。要抢在雪崩前把艾蒂引出黑谷。你发过誓要让它做幸福的母亲的,如果听任它被雪崩埋葬,你的誓言就永远也无法兑现了。你是个男子汉,男人的誓言浓如血、烈如酒、重如山,只有连狗都瞧不起的懦夫,才会让自己的誓言淡如水、稀如云、贱如草。

离艾蒂还有十几步远,你就轻轻抽出佩挂在腰间的长刀,藏在身后。这是一把锋利无比的祖传猎刀,曾剖开过狗熊的胸膛。冰雪溅落在薄薄的刀刃上,发出清脆的颤音。

你有把握把艾蒂引出黑谷。你摸透了艾蒂的脾性,它把花面崽视为自己的命根子,你当着它的面割断了花面崽的脖子,不用邀请,它就会踩着你的影子疯狂地追击。

你不是鲁莽的孩子,在趸回黑谷的路上你已观察好

了奔逃的路线和脱险的办法。善良忠厚的艾蒂，绝对想不到你会采取如此残酷的做法。当你突然挥刀劈倒花面崽后，艾蒂一定吃惊发愣，而你却有充分的思想准备，扔下沾血的刀拔腿就跑。等它清醒过来，彼此已拉开了好几十米的距离。牦牛并不是善跑的动物，尤其上坡，庞大的身躯是一种累赘，很影响速度。感谢老天爷，从谷底到安全地带一路都是上坡。你是山里的孩子，爬坡赛跑是你的拿手好戏，你想你不会被艾蒂追上的。逃出黑谷后，山梁上就有一棵几围粗的冷杉树，你可以爬到树上避难。而牦牛再进化一千万年，也不会爬树的。在即将发生的这场性命攸关的人与牛的赛跑中，你觉得自己赢的希望是很大的。

山脊线的雪流夹杂着稠密的雪团冰块，日曲卡雪峰上不时传来闷沉如雷的轰响，那是巨大的雪块在开裂，在摇晃。雪块的表层流动着一层不祥的青光，宛如打着哈欠已经醒来的青面獠牙的妖怪。黑谷里弥漫着一股死亡的气息。艾蒂身上披着厚厚一层白雪,在雪团冰块的袭击下岿然不动,好似一座冰雕。

你心里很明白,你把艾蒂救出黑谷,它也绝不会对你感恩戴德,恰恰相反,你冒险救出去的将是不共戴天的仇敌。当你亮出背后的长刀,在艾蒂的眼里,你就是老虎,就是雪豹,就是豺狼,就是生番,就是屠夫,就是妖魔。你已经误伤了白月亮,又当着它的面杀死花面崽,这血仇恐怕一辈子也化解不开了。

这没什么,你想。阿爸常说,男人活在世上总要受各种各样委屈的。

又一串冰层开裂的响声滚下黑谷,花面崽似乎预感到灭顶之灾即将来临,竖直柔嫩的脖颈,惊慌地"哞哞"叫着。艾蒂用粉红色的舌头在花面崽脸颊和脑门上不停地舔吻着,像是在告诉自己的宝贝:别怕,妈妈在你

身边。

多么感人的母爱,你握刀的手有点儿软了。你从艾蒂背上抓起一把雪,狠狠地抹了抹脸,抹去这多余的柔情。

你弓着腰扑上去,闪电般朝花面崽竖直的脖颈砍了一刀。

盆形黑谷里耀起一道弧形的白光。

你的手臂一阵发麻,耳边传来牛骨被钢刀斫断的咔嚓声。你看见花面崽的头颅像长了翅膀似的飞离躯体,在空中打了个旋转,稳稳地落到雪地上。

艾蒂震惊了,悲怆地长哞一声,身上那层白雪霎时间被怒火炸得像群惊飞的白鸟。它又变成了一头黑牦牛,怒不可遏地朝你冲来。

你回过神来,撒腿奔逃。这是一步之遥的追击,幸亏是爬坡,你手脚并用,使出吃奶的劲儿,才躲过了牛角的锋芒。

你终于逃出了黑谷，同你预料的一样，艾蒂盯着你的身影穷追不舍，也跟出了黑谷。你踉踉跄跄地朝那棵傲立在山梁上的冷杉树奔去。你终于抢先几步来到树旁，搂着树干往上攀爬。糟糕，树干上挂着一层冰凌，你刚爬到树半腰，一脚没抠稳，吱溜又滑落下来。艾蒂嘴腔里喷出的那股腥臊的热气流灌进你的衣领。再继续爬树肯定会被牛角活活钉在树干上的。你双脚用力在树上一蹬，身体斜斜地弹射出去。

"咚"，艾蒂的双角深深地刺进树干，震得树冠哗啦啦颤抖，抖落一层暴雨似的冰凌雪尘。

你在雪地里打了两个滚，爬起来沿着山梁往前跑。艾蒂发疯般地追撵上来。

此时，艾蒂奔跑的耐力和速度都要超过你。

你跑着跑着，突然觉得背后像被谁猛击了一掌，身

体轻盈地飞了起来,在半空中形成一条抛物线,刚好落在陡崖的边缘。好险哪,再稍稍飞远一些,你就会跌进黑谷了。你手撑着白雪想站起来,身体沉得像石头,动都动不了。你晓得自己已被牛角撞着了,奇怪的是背部并不觉得疼,只是有点儿发麻,还热得难受。你反转手臂在背上摸了摸,摸到一层黏黏的液体,再擦擦眼前的雪,白雪变成了红雪。

艾蒂气咻咻地赶过来,威严地站在你面前,两只牛眼绿得可怕,迸射出两道凶光。它又朝你垂下尖角。这可恶的畜生,还嫌撞得不够吗?这一次,牛角并没刺进你的身体,而是探进你身体底下的雪层。牛脖上的肌肉拧成麻花。你明白了,这疯牛是要用细长的像铲刀似的牛角把你铲起来抛进黑谷里去!它是要在花面崽遇害的地方进行血祭。你受了重伤,匍匐在地上无力抗拒,只好听任它摆布了。

牛角将你的身体抬了起来，就在这时，对面的日曲卡雪峰"訇"的传来山崩地裂般的巨响。艾蒂从你身体底下抽出牛角，和你一起循声望去，山峰上悬吊着的巨大雪块坠落下来，砸在半山腰上，碎成几瓣，扬起沙暴似的雪尘。厚达数米的雪尘铺盖黑谷，眨眼工夫，黑谷里的岩石、灌木、小路和花面崽的躯体统统消失得无影无踪。挺拔峻峭的日曲卡雪峰仿佛不堪忍受积蓄了整整一个冬天的冰雪重负，不停地抖动身躯，山壁上的冰雪一片片一块块朝黑谷倾倒，黑谷里沸腾起翻江倒海般的雪浪，蔚为壮观。

艾蒂站在陡崖边缘，呆呆地看着。突然，它伸直脖颈朝黑谷对面的日曲卡雪峰哞叫了一声。你从来没听到过如此绵长凄厉的哞叫，音调忽而高亢、忽而低沉、忽而嘶哑、忽而圆润，像是揪心的悲鸣，又像是灵魂的哭泣。你躺在地上，听得毛骨悚然。

突然，它转身站到你面前，朝你垂下倔强的头颅。一条温热的、湿漉漉的牛舌在你额角轻轻舔了舔，你看见两滴忏悔的泪从它茸毛密布的脸上滚落下来。

艾蒂，这没什么，我也有对不起你的地方。

你张开嘴想说，却说不出声来，喉咙里溢出一口腥热的血。

蓦地，艾蒂迈开四蹄跨出陡崖，朝黑谷冲下去。艾蒂，你这是要干什么呀？你想伸手去揪住那条蓬松的尾巴，但你已连抬手的力气也没有了。日曲卡雪峰还在猛烈地抖落雪块，黑谷差不多已被冰雪填满。你看见，艾蒂琥珀色的牛角在冰雪上抵撞出一个窟窿，四条健壮的牛腿划拉着，像条黑色的大鱼，游向雪层深处。它一定是想赶回花面崽身边。

艾蒂，快回来，生活还可以重新开始，我起过誓，会让你养大一头活泼可爱的小牛犊的。

又一片崩塌的雪扑进黑谷,窟窿不见了,黑色的大鱼也不见了。黑谷盛满了冰雪,隆起圆圆的穹顶。

你身体热得要命,眼皮也睁不开了。

动物小说大王沈石溪
作品获奖记录

《第七条猎狗》(短篇小说)
中国作家协会首届全国优秀儿童文学奖

《退役军犬黄狐》(短篇小说)
第六届陈伯吹儿童文学奖

《狼王梦》(长篇小说)
台湾第四届杨唤儿童文学奖
第二届全国少年儿童优秀图书一等奖

《一只猎雕的遭遇》(长篇小说)
中国作家协会第二届全国优秀儿童文学奖

《天命》(短篇小说)
1992年海峡两岸少年小说、童话征文佳作奖

《象母怨》(中篇小说)
首届冰心儿童文学新作奖大奖

《残狼灰满》(中篇小说)
首届《巨人》中长篇奖

《沈石溪动物小说自选集》(中短篇小说集)
第三届冰心儿童图书奖

《红奶羊》(中篇小说集)
中国作家协会第三届全国优秀儿童文学奖

《狼王梦》《第七条猎狗》(中短篇小说集)
台湾1994年"好书大家读"优选少年儿童读物奖

《第七条猎狗》(短篇小说集)
台湾"中国时报"1994年度十佳童书奖

《保姆蟒》(短篇小说集)
1996年台湾金鼎奖优良儿童图书推荐奖

《狼妻》(短篇小说集)
台湾1997年"好书大家读"年度最佳少年儿童读物奖

《宝牙母象》(中篇小说)
第十一届中国图书奖

《牧羊豹》(短篇小说集)
台湾2000年"好书大家读"年度最佳少年儿童读物奖

《刀疤豺母》(长篇小说)
第十三届中国图书奖

《鸟奴》(长篇小说)
中国作家协会第六届全国优秀儿童文学奖

《藏獒渡魂》(中短篇小说集)
2006年冰心儿童图书奖

《斑羚飞渡》(短篇小说集)
国家新闻出版总署2007年向青少年推荐百部优秀图书

《狼王梦全本》《狼世界》(中短篇小说集)
国家新闻出版总署2008年向青少年推荐百部优秀图书

版权专有 侵权必究

图书在版编目（CIP）数据

保姆蟒 / 沈石溪著. —北京：北京理工大学出版社，2019.5
（动物小说大王沈石溪·致敬生命书系）
ISBN 978-7-5682-6892-9

Ⅰ.①保… Ⅱ.①沈… Ⅲ.①儿童小说－中篇小说－中国－当代 Ⅳ.①I287.45

中国版本图书馆 CIP 数据核字（2019）第 054192 号

出版发行 /	北京理工大学出版社有限责任公司	
社　　址 /	北京市海淀区中关村南大街 5 号	
邮　　编 /	100081	
电　　话 /	（010）68914775（总编室）	
	（010）82562903（教材售后服务热线）	
	（010）68948351（其他图书服务热线）	
网　　址 /	http://www.bitpress.com.cn	
经　　销 /	全国各地新华书店	
印　　刷 /	保定市鑫宇印刷有限公司	
开　　本 /	880 毫米×1230 毫米　1/32	
印　　张 /	6.5	责任编辑 / 田家珍
字　　数 /	59 千字	文案编辑 / 陈亲亲
版　　次 /	2019 年 5 月第 1 版　2019 年 5 月第 1 次印刷	责任校对 / 杜　枝
定　　价 /	29.80 元	责任印制 / 施胜娟

图书出现印装质量问题，请拨打售后服务热线，本社负责调换